ねむりねずみ

近藤史恵

ことばが，頭から消えていくんだ——役者生命を奪いかねない症状を訴える若手歌舞伎役者中村銀弥。後ろめたさを忍びながら夫を気遣う若妻。第一幕に描出される危うい夫婦像から一転，第二幕では上演中の劇場内で起こった怪死事件にスポットが当てられる。二か月前，銀弥の亭主役を務める小川半四郎と婚約中の河島栄が，不可解な最期を遂げた。大部屋役者瀬川小菊とその友人今泉文吾は，衆人環視下の謎めいた事件を手繰り始める。梨園という特有の世界を巻き込んだ三幕の悲劇に際会した名探偵は，白昼の怪事件と銀弥／優の昏冥を如何に解くのか？

登場人物

中村銀弥／棚橋優……歌舞伎役者（深見屋）
一子……………………銀弥の妻
小川半四郎……………歌舞伎役者（葉月屋）
大島良高………………文芸誌「ピカビア」の記者
芹沢泉…………………一子の親友
河島栄…………………半四郎の婚約者
墨田小夜子……………
高橋めぐみ……………事件当日の観客
奥山清美………………
中村銀青………………銀弥の祖父
瀬川小菊………………大部屋の女形役者
今泉文吾………………私立探偵
山本公彦………………今泉の助手

ねむりねずみ

近藤史恵

創元推理文庫

DORMOUSE

by

Fumie Kondo

1994

中扉デザイン　柳川貴代＋Fragment

ねむりねずみ

ネムリネズミはたのしかった
目をとじているのできいろと白のキクの花は見えなかった
あたまのなかにうかんでくるのは　ただ
青いヒエンソウ　赤いゼラニウム

A・A・ミルン『クリストファー・ロビンのうた』より

一幕目

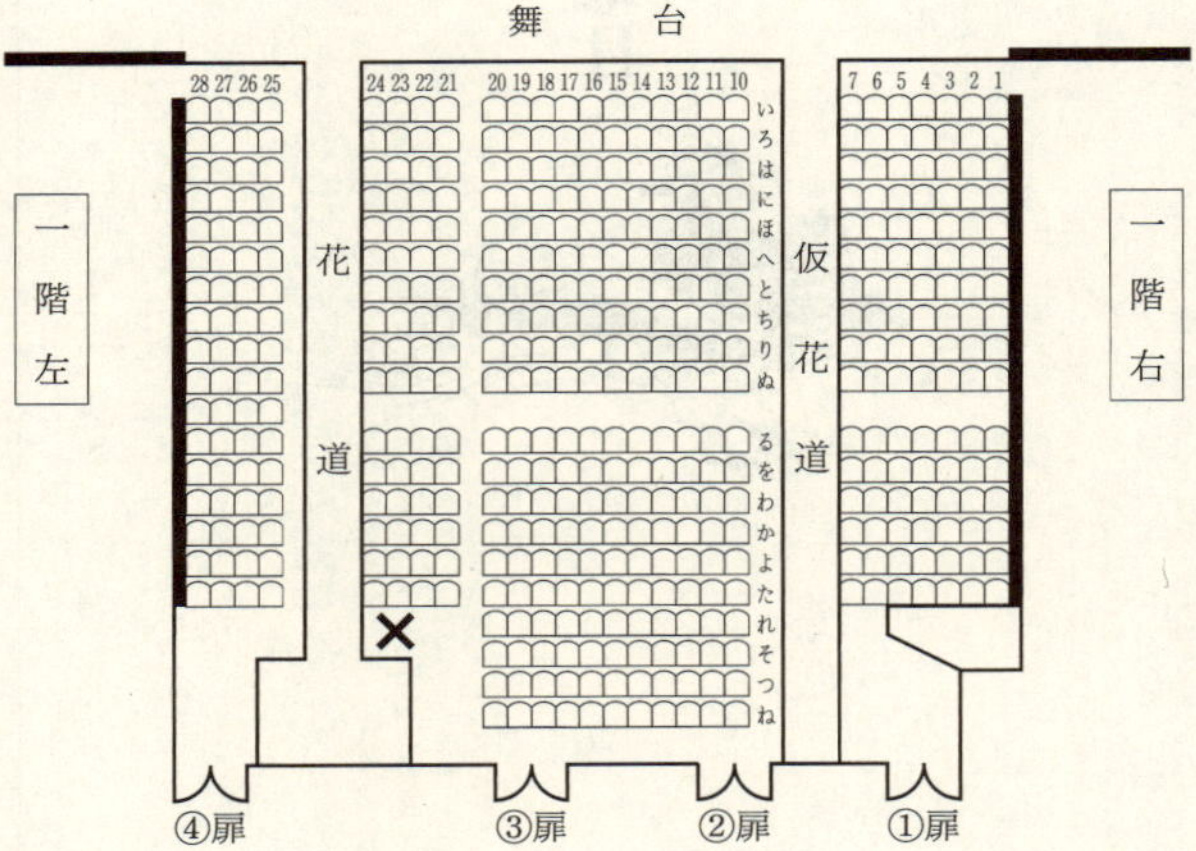
舞台
28 27 26 25
24 23 22 21
20 19 18 17 16 15 14 13 12 11 10
7 6 5 4 3 2 1
一階左
花道
いろはにほへとちりぬ
るをわかよたれそつね
仮花道
一階右
④扉
③扉
②扉
①扉

一階座席表

第一章

はじまりの日。わたしはいつもより遅く、家に帰った。

夏の日没は、せっかちで義理堅い。つい一時間前まで明るかったのに、今はもう、墨をまいたように真っ暗だ。白いペンキの剝げたマンションの螺旋階段を、わたしは足早に昇った。

今月の彼は、昼の部だけの出演だったが、九時より早く帰ることはなかった。踊りや長唄の稽古の日以外でもそうだ。新富町《しんとみちょう》の実家で、ひとりで稽古をしたり、一階席の後ろに椅子を出して、じっと舞台を見ているのだ。

そんな人だった。

歌舞伎以外のことは頭にないような。

だから、わたしも安心していられたのだ。

だが、その日は違った。

重いドアを開けて、すべりこむように部屋に入る。手探りで明かりをつけた。用意してあった炊飯器のスイッチを入れ、服を脱ぎながら、暗い寝室に入った。ガラス窓から射しこむわずかな明かりを頼りに、青灰色のワンピースをハンガーにかけているときだった。

わたしは、背筋が怖《おぞ》け立つような気がして、腕を止めた。

振り向きたいけど、振り向けなかった。

振り向くと同時に、なにかが変わってしまうようだった。

背中の向こうの闇は、ひどく重い量感を持って、わたしにのしかかってきた。首筋が冷たい汗でじっとりと濡れた。

わたしは理由のない不安を振り払うように、ぐい、と首を回した。

予期したような恐ろしいものはなにもなかった。ただ、ベッドが膨らんでいただけだ。

「やだ。帰ってたの？　優《すぐる》さん」

彼は返事をしなかった。ただ、膨らみがもぞもぞと動いただけだ。

寝ているのなら、起こす必要はない。立ち去りかけたわたしの背中を、声が追った。

「なあ、一子《いちこ》」

くぐもった小さな声。

「起きてるの？　どうしたの、具合でも悪いの」

ベッドに近づき、顔をのぞき込もうとすると、彼は布団で隠すように、顔をそむけた。

「なんでもない、ちょっと気分が悪いんだ」

声に力はなかった。

「お医者さん。呼ぶ？」

「いや、いい」

「でも」

「いいんだ」

「じゃ、温かい牛乳でも飲む」

「ああ、そうしてくれ」

寝室を出ようとしたわたしを、ふいに声は追った。

「一子、今日の次の日は、なんていうんだ」

唐突な問いかけだった。わたしはしばらく意味を測れなかった。

「ごめん、もう一度言って」

「今日の次の日だよ」

小さな子どものように、布団に埋まった彼を、わたしはぼんやりと見おろした。

「なあに、それ、新しいクイズかなにか」

「いいから、教えてくれよ」

彼らしくもなく、かんしゃくをおこすように叫んだ。わたしはおどおどと、答えた。

「今日の次の日って、あしたのこと?」

とたんに張りつめていた空気が和らいだ。彼の肩からも、力が抜けたようだった。

「ごめん、いいんだ。怒鳴ったりして悪かったね」

彼は布団から顔を出して、微笑んだ。

その頬は、紙のように白かった。

その日は夕方になって、雨が降った。

一瞬にして濡れてしまった洗濯物を取り込み、部屋の中に干す。

ひさしぶりの雨だった。わたしはベランダから、濡れた路上を見おろした。

(雨のことを、優しい女神の舌に譬えた詩人は誰だったろう)

良高《よしたか》に聞けば、きっと知っているに違いない。彼はなんでも知っているんだ。

冷たさに震えながら、路上を走る人たち。鞄を頭にかざし、水滴を散らしながら駆ける。

わたしは優さんに、傘を持たせたかどうか、考えた。楽屋にひとつ傘が置いてあったはずだし、それも忘れたら、タクシーでもつかまえるだろう。

冷えた空気に身震いし、わたしは引き戸を閉めた。猫のライチが目を輝かせて窓に顔を押しつけている。お外に出られないマンション猫。ふだんは、恨めしそうに外を見ているが、雨と雪の日だけは、自分の幸せをしみじみ嚙みしめているようだ。

ふと、チャイムが鳴った。

わたしは洗濯物を置いて、玄関へ向かった。チェーンを外して、ドアを開ける。

「優さん」

彼はずぶぬれだった。短く切った髪や、レンズの薄い眼鏡、ジャケットの裾から滴がしたたる。彼の左手には、折り畳みの傘が握りしめられていた。

「いったいどうしたの。こんなに雨が降ってるのに、傘ささなかったの。車でもつかまえれば良かったのに」

優さんのうつろな目がわたしに向けられた。少しずつ目の焦点が合う。

「優さんってば」

「ああ」

彼はぐずぐずと鳴る靴を脱ぎ捨てた。わたしはあわててバスタオルを用意した。髪を拭きながら、彼はつぶやいた。

「あめ、かさ、くるま」

暗記でもするような口ぶりだった。わたしは驚いて彼を見た。

「あめ、かさ、くるま」

彼は手に持ったタオルをじっと見た。

「たおる」

濡れた靴下のまま、ふらっと奥に入る。ライチが迎えに顔を出した。

「ライチ」

彼はタオルをわたしに押しつけると、手を伸ばして、ライチを抱き上げた。

「ライチはねこ。とても温かい」

わたしは、タオルを握りしめたまま、彼を見た。目の前の彼は、わたしのよく知っている夫ではなかった。優さん。宇宙人のようにことばを繰り返し、うつろな目をきょろきょろさせている。

「優さん。優さん、いったいどうしたの」

彼はライチを抱いたまま振り向いた。

「どうしたって」

「だって、変よ。傘を持ってる癖にこんなに濡れて帰ってきたり、帰ったら帰ったで変なことばかり言って」

彼はライチの背中を撫でた。わたしの足先から顔までもなめるように見つめる。

「一子、エプロン、スリッパ、くつした、髪、顔、腕、足」

「優さんってば」

わたしは彼の手をぎゅっと摑んだ。ライチがびっくりして飛び降りる。氷みたいに冷たい指だった。

優さんはわたしの手を握り返した。

「一子、きみはぼくの妻だろう」

「当たり前じゃない」

「ぼくの言うことを聞いて、驚かないでくれ」

「なんなの、いったい」

彼は苦しげに息を吐いた。

「ことばが、頭から消えて行くんだ」

わたしはしばらく返事ができなかった。優さんはわたしの顔を見て微笑んだ。

「生まれたばかりの赤ちゃんみたいな顔をするね」

「うそ、うそでしょう」

「うそなんか言えない。本当だ。ことばが頭からこぼれていく。なんか最近忘れっぽいな、と思ったんだ。だが、昨日、あした、ということばが思い出せなかった。ふつうじゃないことにやっと気づいた。そして、今日、帰る途中で雨が降りだした。あ、と思って空を見上げて、愕然とした。あめ、という単語が出てこないんだ。手に持った傘を見ても、かさ、という単語が出てこない。名もわからない物に濡れながら、やっとのことで歩きだした。すると、次は車だ。道路を行きかう物の名前がわからない、恐ろしかった。一子の顔を見て、やっと落ちついたんだ」

優さんは濡れた手をほどくと、ソファに腰を下ろした。わたしはその横に座った。

「疲れているのよ、きっと。ここ数カ月休みなしだったでしょう。なんだったら、今月はもう休演したら」

「だめだ。お祖父様の義賢《よしかた》で小万《こまん》をやれることなんか、もうないだろう」

「じゃあ、せめて、来月でも」

「なにを言ってるんだ。来月は初役で、お岩《いわ》様をさせてもらうことに、ずっと前から決まっていたじゃないか。こんな機会に休めるもんか」

「お岩様なら、またいくらでも機会があるでしょう。貴方は深見屋《ふかみや》の御曹司なんだから」

「三年後か、五年後か、それとも十年後かにね。ぼくは、今、やりたいんだ」

「優さん」

「大丈夫だ、台詞にはまだ、なんの支障もない」

「でも」

彼はなにかを振り切るように立ち上がった。

「今日はもう寝るよ。夕食はもういい」


その少し前から、彼の物忘れはひどかった。

「ええと、あれ取ってくれ」

「あれだよ、あれ」

などと、繰り返した。もともと昼行灯《ひるあんどん》のような人だから、たいして気にしなかったのだ。

笑いながら、「若年寄」などとからかったほどだ。

だけど、これはふつうじゃない。次の日、広辞苑を膝の上に広げて読み耽っている彼を見て、わたしは思わず言った。

「ねえ、優さん。一度、お医者様に診てもらったら」

わたしのことばに、彼はいっぺんに気色ばんだ。

「ぼくが狂っている、と言うのか」

「そうじゃないわよ。でも、ストレス性の病気かなにかで」

「精神科になんか、絶対に行けない。いいか。ぼくは深見屋の直系の血筋なんだぞ。家の名前を汚《けが》すことなんかできない」

「そんなこと言って、取り返しのつかないことになったら」

「もし、ぼくの頭がまっしろになって、何もかも忘れてしまうようなことになったら」

彼は少し、息を止めた。重たげな瞼を薄く開いてわたしを凝視する。

「一子、ぼくを殺してくれ」

「優さん」

「事も愚かや。家は末代、人は一世」

彼は涼やかなほどきっぱりと言いきった。

「優さん」

「頼朝《よりとも》の死」の台詞だった。彼はこんなときにも舞台を忘れることなどなかったのだ。


良高はヒステリックなほど大爆笑した。まわりのテーブルの客が、注目する。

「笑わないでよ。本当なんだから」

「ことばを忘れるってぇ」

身体を折るように笑い続けている。わたしは唇を噛んだ。自分が苦しんでいることを、人に笑われるほど、つらいことはない。

「すごいな、文学的だなあ」

「本当なんだから。ねえ、良高だったら知ってるでしょう。そんな病気があるの？」

彼は眼鏡を外して、涙を拭いた。やっと笑いやむ。この、若ハゲ男め。わたしは思いきりにらみつけた。

「聞いたことないねえ。ただ、忘れっぽいのとは違うのか」

「わたしも最初はそう思ったの。でも違うの。うまく言えないけど。どんどん忘れていって思い出せないみたいなんだもの」

「ふうん。カウンセリングでも受けてみればいいんじゃないか」

「いやだって言うんだもの。深見屋の名前を汚すことになるって」

「奥さんがぼくなんかに話してもいいのかねえ」

わたしは良高の職業を思い出して、青くなった。

「記事になんかしないでよ」

「残念ながら、ピカビアはゴシップ雑誌じゃないんでね」

わたしは溶けかけたアイスクリームを匙でかき回した。もう、食べる気はまったくない。

良高は黒縁の眼鏡を、あぐらをかいた鼻の上に押し上げた。三十になったばかりだというが、とても見えない。二十のときから、禿の兆候があった、という頭は両わきの毛を残して、見事にはげ上がっている。下手に隠そうとしていないのがいさぎよい。汗っかきだし、やせぎすで背が低い。さえない男の典型みたいなものだ。

でも、と思う。この人にはなにかがある。うまく言えないけど、わたしが今まで会ってきた男が持っていないものが。

彼は腕を組むと、テーブルに乗りだした。

「そういえば、本で読んだことがあったな。そんな病気」

わたしはすがるように、彼を見た。

「どうしたらいいか、書いてなかった？」

「あった、あった」

「どうしたらいいの」

「部屋の中にあるものに、全部名前を書くんだ。ついでに、使用法も書けばいい。たとえば、タンス、洋服を入れる、ってね。洋服ってことばも忘れるかもしれないから、身体に着るものとか、註を入れて。そのうち、身体とか着るとかも忘れて、どんどん註が増えていく」

からかわれていることに気づくのには、時間がかかった。

わたしは手に持った鞄を思いきり彼にぶつけた。そのまま、目を覆う。瞼が熱くてたまらなかった。

「ごめん」

許してやるものか。一度出た涙は簡単には止まらない。

良高はことの重大さを判っていない。明日、とか、昨日、とかに、どうやって名前を書けというのだろう。眠る、とか、うれしい、とか、悲しい、とかに、どうやって印をつけろというのだろう。わたしはしゃくりあげながら言った。

「からかわないでよ。本当に心配で、たまらないいんだから。どうしていいのか、わからないんだから」

彼が、身体をこわばらせる気配がした。

「一子ちゃん」

わたしはハンカチで口を覆って、彼を見た。

「旦那のことがそんなに心配なら、ぼくになんか会いに来ちゃいけない」

悲しいけど本当だった。いくら頼っているからといって、相談していい人と悪い人がいることに、わたしはあまりにも無頓着だった。だけど、彼が助けてくれないとしたら、他にだれに相談できよう。

わたしは首を振って、泣き続けた。


わたしが優さんと出会ったのは、三年前だ。二十になって、短大の卒業を迎えても、わたしは就職をしなかった。家にいて花嫁修業をすればいい、という父の考えを、わたしはさして反抗もせず受け入れた。

お茶や礼儀作法、料理だけでなく、長唄やお琴まで、習いに行かされていたわたしに、親友の芹沢泉《せりざわいずみ》は言ったものだ。

「あんたのお父さんは、脳味噌を明治時代に置き忘れてきたんじゃないの」

「でも、けっこうおもしろいのよ。働かなくてもいいんだから、ちょろいもんよ」

「社長の娘も大変ね。政略結婚で変なところに行かないようにね」

たしかに父の言う花嫁修業は異様だった。いまどき、三味線が弾けるからといって、なんの役に立つわけではない。まだピアノでも習っている方がお嬢様らしいというものだ。先生の選びかたでも、父は決して妥協しなかった。どの稽古事でも、一流の先生をわたしにつけた。でも、そのときわたしは、まだ、父の思惑に気づいていなかったのだ。

ある日、新聞を読みながら父はわたしに言った。

「一子、明日はなにかお稽古があるのか」

「夕方から、お料理があるわ。どうして?」

「なら、明日は休みなさい。歌舞伎に連れて行ってあげよう」

日舞こそ、小さいときから習っていたが、わたしはあまりお芝居を見たことがなかった。高校生のとき、一度父に連れられて行った覚えがあるが、お経のような台詞があまりにも眠たく、最初から最後まで熟睡してしまったような気がする。

だが、父が大の芝居好きで、ある歌舞伎俳優の後援会に入っていることは知っていた。若いころ、役者になりたかったのだが、親の反対でなれなかったことも。

わたしは、ひさしぶりの父との外出を素直に喜んだ。

次の朝、二階から下りると、成人式に着た大振袖が、広げられていた。

「どうしたの、お母さん」

長襦袢に半襟を縫いつけていた母が、顔をあげた。

「お父さんが、どうしてもこれを着せろ、と言うのよ」

「やだあ、たかがお芝居で大げさな」

黒地に手描きの友禅で、手鞠の模様の振袖だった。十五のときに作ってもらった紅い染め分け絞りの中振袖より大人っぽく、気に入っていた着物だった。

美容院で庇髪《ひさしがみ》を結われ、帯を高々と結びあげられて、わたしは車に乗った。

隣の父に「お見合いに行くみたいね」と言うと、父は困ったように笑った。

劇場には、わたしみたいに正装している人はほとんどいなかった。わたしは父に、少し文句を言った。だが、庇髪としっくりとした色の振袖は、劇場で悪目立ちすることもなく、わたしは改めて、父のセンスに感服していた。

芝居が始まるまでの間、ロビーで父とお茶を飲んだ。父は、落ちつかないような様子だった。わたしがなにか言っても、相づちを打つばかりで、反応がない。誰かを捜すように、まわりをきょろきょろと見てばかりいた。

開演五分前を知らせるブザーが鳴った。係員に案内され、桟敷席に入る。思った以上に舞台に近かった。ちょうど花道七三近くの最高の席だったように思う。そのころのわたしには、その価値などわかりはしなかったけれど。

筋書きには「鬼一法眼三略巻《きいちほうげんさんりゃくのまき》」とあった。

前半、わたしは眠たさをかみ殺していた。下男にしては衣装の派手な男が、主人にほめられたり、怒られたりしていることしかわからず、筋書きを音を立てて繰っては、父に睨まれてばかりいた。

　そのときだ。

花道の揚げ幕がしゃりんと鳴った。現れたのは真っ赤な振袖を着たお姫様だった。目に突き刺さるライトの中、お姫様は花道を駆けぬけた。まるで赤い薫風のように。

舞台に急に、大輪の花が咲いたようだった。私の眠けはあとかたもなく消えてしまっていた。床几に腰を下ろしながら、一瞬、その姫はこちらを向いて艶然と笑った。本当に一瞬だった。だが、その笑いは空気の中に溶ける芳香のように、いつまでもその場に残っていた。

「深見屋っ」

「若深見っ」

タイミング良く大向こうがかかる。

美しい人だった。物憂げな厚い瞼の縁に滲む紅、花が咲いたような小さな唇。男性とは思えないほど細い首と腰。

　胸をあぶられたような気がして、わたしは筋書きに手を伸ばした。先ほど、父に睨まれたことなど忘れていた。

　皆鶴姫　　中村銀弥

わたしはばさばさと音を立てて、筋書きを閉じた。今度は父はなにも言わなかった。

お姫様は、紫の衣装の男に恋をしているらしかった。恥じらいながら、さっきの下男に仲立ちを頼む。恥ずかしいのと、うれしいのと、いとおしいのとが入りまじり、袖で顔を隠しながら何度も微笑む。その艶やかな媚態を見るたび、背筋に電流が走るような気がした。もっと見ていたいという気持ちを邪魔するように幕が閉まり、緞帳《どんちょう》が下りる。わたしはため息をついた。

皆鶴姫《みなづるひめ》、中村銀弥《なかむらぎんや》。

わたしは父の肘を手でつついた。

「きれいな人ねえ」

「銀弥くんか？　今、売り出し中の若女形だ。中村銀青《ぎんせい》の孫だ」

「いくつぐらいの人？」

「二十六歳だと言ってたかな。筋書きに写真が載っている」

わたしは急いで筋書きをめくった。後ろの方のページに彼の写真があった。素顔は涼しげな現代青年といった趣で、舞台の妖艶さなどは感じられない。ただ、厚ぼったい瞼とふくよかな頬、小さくて形の良い唇だけが、そのままだった。

父はわたしの様子をにやにやしながら見ていた。

「銀弥くんが気に入ったのか。会わせてやろうか」

「ほんと。会えるの？」

「お父さんは、彼のお父さんの銀之助《ぎんのすけ》の後援会にいるからね。舞台が終わったら会えるぞ」

「うれしい。さすがお父さん」

父の顔には、先ほど智恵内《ちえない》という下男が浮かべていたような、得意げな表情が浮かんでいた。


中村銀弥は、その後もう一度舞台に出てきた。元気のいい町娘の役だった。だが、さっきのお姫様の方が彼に似合っている気がして、わたしは父にそう言った。

「一子は初めてなのに、見る目があるなあ。この役は彼の仁《にん》じゃないね」

「仁ってなあに」

「まあ、雰囲気に合うとか、イメージに近いというのを、仁に合うと言うんだ。銀弥くんは愁いのある役や情念の女がいいんだ。また連れてきてやろう」

「本当。お願い、お父さん」

お愛想ではない。わたしは本当に、この美しい女形に参ってしまっていた。

幕が下りて、わたしは父に連れられて、楽屋口に向かった。何人かの女の子が、花束や色紙を持って、待っていた。彼女らの羨望の視線を浴びながら、わたしたちは、中に入った。

父は下足番の人に、小さな祝儀袋を渡した。すっかり馴染みのようで、少し立ち話をしている。そのまま、わたしたちは奥に進んだ。

「ここだ」

父が立ち止まった楽屋には、乱れ牡丹の紋ののれんが下がっていた。

声をかけ、のれんをくぐって入る。

「おや、社長さん。いらっしゃい」

中にいたのは、先ほど智恵内という下男を演じていた役者だった。浴衣の上に細い縞の着物を羽織り、腕の化粧を落としている。

「銀之助さん。娘の一子です」

「初めまして」

「先ほど、桟敷にいらっしゃったでしょう。あでやかなお嬢さんがいらっしゃるって、楽屋でも評判でしたよ」

わたしは真っ赤になってうつむいた。役者さんが客席を見ているなんて、思いもしなかった。

わたしたちは楽屋に上がって、座りこんだ。

「銀弥くんは？」

「今、風呂に行ってます。もうすぐ戻りますよ」

銀之助さんが言うと同時に、のれんがめくれた。

顔を出したのは、あの写真の男性だった。わたしはあわてて下を向いた。

「銀弥。社長さんがいらっしゃってるよ」

「やあ、こんにちは」

銀色の細い蔓の眼鏡をかけているのが、写真との違いだった。舞台で見たとき、折れそうに細いと思った首も腰も、今見るとふつうの男性のものとしか思えない。どのような魔術が、この青年を、美しくたおやかな姫に変えたのだろう。

格子の浴衣を着た彼は、わたしの前で、優美に手をついた。

「初めまして、中村銀弥です。お父様にはいつもお世話になっています」

このときほど、父を誇らしいと思ったことはない。わたしもあわてておじぎをした。口のなかで初めまして、とかもごもご言うだけで、声が出なかった。

「一子、顔が半襟と同じくらい紅いぞ」

「いやだ。お父さん」

湯上がりの彼の上気の中に、かすかに白粉《おしろい》の気配がする。眼差しの優しい、清潔な、そして、やはり美しい人だった。


父の思惑には、後になって気づいた。

やはり、あの日はお見合いだったのだ。わたし以外のみんなが心得ていた。振袖を用意した母も義父も、そして彼も。わたしだけが気づかずに、父の張った網に、すんなりとかかってしまったのだ。

だが、彼の美しさに魅せられたのはわたしだけではない。毎日、毎月、彼が舞台で艶然と微笑むたびに、客席で幾人もの娘たちが、搦めとられる。

たまたま、わたしだけが彼とのパイプを持っていただけのことだ。わたしが矢倉《やぐら》一子でなかったら、彼のブロマイドを胸に抱いて、楽屋口で待ち伏せる娘になっていただろう。

その後も何度も父に連れられて楽屋に行った。その後、ひとりでも行けるようになり、彼を本名の棚橋《たなはし》優で呼ぶようになるまでには、たいして時間はかからなかった。

出会ってから結婚まで、一年足らずだった。わたしは初めて飲んだお酒に酔うように、この恋愛に酔いしれた。しかもこの酒は、他に比べようもない美酒なのだ。

泉だけが冷静にわたしを見ていた。

彼女はきついウエーヴを当てた髪をかきあげながら、わたしの顔を見て言った。

「一子、よく考えなよ。深見屋といえば、梨園《りえん》でも指折りの名家じゃない。そこに嫁入りするとなりゃあ、そう簡単に行かないわよ。封建主義の一番激しいところに放り込まれることじゃない。よく考えて決めたら」

「いいのよ。わたしあの人を愛しているの」

「のろけてくれるじゃない。でもね、日本中で何人の女の子が彼を愛していると思っているの」

「知らない」

「あたしも知らない。でも二桁か三桁でしょうね。今、いちばん人気の若女形だもの」

「結構じゃない。人気商売だもの」

「わかってないね。芸人には浮気も芸の肥やしなんだよ。あんたきっと泣かされるわよ」

「いいわよ。それで彼の芸が充実するなら我慢するわよ」

彼女は鼻の頭にしわを寄せて笑った。

「わかってるんならなにも言わない。あんた、あたしの友だちのなかで、いちばん世間知らずなんだから、心配なんだ」

泉は口は悪いけれど、いい子だ。派手な服装と化粧で誤解されやすいけれど、頭も切れる。結婚式でも、梨園のお歴々の前で物おじせず、短くて気のきいたスピーチをやってのけた。

泉の心配は、まったくの杞憂だった。彼は役者にしてはまじめで誠実な人だった。坊さんのように堅い男、と上方狂言でいわれる戯言《ざれごと》も、彼に関しては事実だった。

そう、あの出来事さえなかったら、わたしは良高にひかれてしまうことなどなかっただろう。だが、あの出来事は避けられないことだった。わたしと彼が夫婦である以上、わたしと彼との価値観が違っている以上、一度はぶつからなければならない壁だった。

わたしさえ割り切れば、なんでもない出来事だったのだ。

だが、わたしにはどうしても割り切れなかった。


皮肉なことに、わたしに良高を紹介したのは優さんだった。確か、京都の劇場の公演だっただろうか。

次の月に、優さんは夏の無人《ぶにん》芝居で「堀川波《ほりかわなみ》の鼓《つづみ》」のお種《たね》を演じることになっていた。良高は、文芸誌「ピカビア」で近松《ちかまつ》の特集をするために、京都まで彼に取材に来たのだったから。

「ピカビア」という雑誌を、わたしは知らなかった。大きな本屋の、それも片隅に一冊だけあるような、良心的な、でも売れそうもない文芸誌。彼はそこの記者だった。

優さんと良高は、すぐに意気投合したらしかった。彼と会ったその日、優さんは電話でわたしにこう言った。

「おもしろい男が取材に来たんだ。明日にでもこちらにおいで、一子にも会わせてあげるよ」

ひとりで退屈していたわたしは、すぐに新幹線で京都へと向かった。

その日の舞台が終わると、わたしたちは料亭で紹介された。正直な話、このときは良高のことをなんとも思わなかった。

話のおもしろい、頭の良さそうな人、それだけだった。

良高は決して、女性が一目惚れするようなタイプの男ではない。洒落っ気のないよれよれの背広、薄い髪の毛。貧弱な背中を丸めるようにして、折り畳んだハンカチで汗を拭いながら、早口に喋った。

無口な優さんに慣れて、おしゃべりな男は嫌いなはずだった。でも、彼のおしゃべりは品のいい噺家のようで、嫌みなところはまるでない。わたしは、彼の話に笑いころげた。

優さんは、手酌で日本酒をやりながら、薄いベールをかけたような目でわたしたちを見ていた。

東京に帰ってしばらくたったある日、わたしは優さんに、ピカビアの編集部に、写真を届けるように言われた。

優さんが以前に踊りの会で踊った梅川《うめがわ》の写真だった。わたしは封筒にいれた写真を持って、良高の仕事場を訪ねた。

編集部の応接室で、わたしと良高は長い時間話し込んだ。どうってことのない話ばかりなのに、こんな楽しい思いをしたのは久しぶりだった。

ひどい話だが、もし、良高が美男子だったら、わたしはこんなことを決して言わなかっただろう。

帰りぎわに、わたしは彼にこう言った。

「主人が旅公演で寂しいの。またぜひ誘ってくださいね」

もし、不貞の規準というものがあるのなら、それを超えたことは、一度もない。

彼はあまりにも臆病で、わたしはあまりにもずるかった。だが、わたしたちの逢瀬が特別な意味を持ちだした日のことは、覚えている。

彼の職場に行った二、三日後、良高にオペラへと誘われた。取材に行かねばならないのだが、切符が二枚ある、という理由で。

だが、それが嘘であることにわたしは気づいていた。それから何カ月経っても、ピカビアにそのオペラの記事が載ることなどなかったのだから。

結婚するまで、特別な男友だちもなく、恋愛経験もまるでなかったわたしだが、女性は生まれつき、そういう嗅覚を持っているものだ。次の月、彼の雑誌を買って、オペラの記事が載っていないのを調べて、いい気分になったことを告白しよう。

ともあれ、その日は何事もなく別れた。

次はわたしから誘った。抵抗だとか、罪の意識は、その時点ではまるでなかった。

幾つになっても、わたしはひとりで出歩くことが苦手だった。どんなに行きたい所でも、誰も連れがなければ行けなかった。

以前、テレビで見て気に入っていた、噺家の独演会があることを知ったわたしは、さっそく泉に電話をかけた。

「やあよ。落語なんて年寄り臭い」

「でも、すごくいいのよ。古風で色っぽくて。ねえ、お願い。上方の人だから滅多に聴けないのよ」

「だあめ。その日は展示会があるのよ。休めないし、夜も遅くなるわ」

泉は宝石店の販売員をしていた。電話を切ったわたしが、次に思い出したのは良高だった。

彼はふたつ返事でやってきた。わたしたちは、せまい寄席の後ろの席に並んで、地獄八景や、立ちぎれ線香を聴いた。

良高は、身体を折るようにして笑いながら、その合間にひどく悲しげな顔をしていた。

終わった後、彼は自分の車で、わたしを送ってくれた。

彼の話はわたしを飽きさせることがなかった。彼はわたしが知らないことを、何でも知っていた。彼の本当の年齢を聞いたのも、このときだ。

「大島さん、もう、お子さん大きいんでしょう」

「ひどいなあ、奥さん。ぼくのこと幾つくらいだと思ってます?」

本当の話、その時点まで、わたしは良高のことを四十歳半ばの既婚者だと考えていた。どうやら、もっと若いらしい、と感じたわたしは、お世辞も含めてこう言った。

「三十五、六くらいですか」

「うう」良高は唸って、アクセルを踏みこんだ。

「やっぱり、頭が悪いのかなあ。会社の女の子が言うように、増毛しようかな」

「お幾つなんですか」

「二十九です」

いまだに、四十半ばだと思っていたことを彼には言っていない。

「じゃあ、まだ、おひとりで」

「はっは、屁をひりておかしくもないひとり者ですよ」

「ごめんなさい。落ちついてらっしゃるから」

「優しいですね。奥さんぐらいの年の女性なら、老けてるうとか言われてしまいますよ」

「そんな」

マンションのそばで、彼は車を止めた。

「今日は無理にお誘いしてすみませんでした」

「いえ、いえ」

「また、何かあったら誘ってくださいね」

なにげなく言ったひとことだった。だが、彼は顔色を変えた。少し考え込んでから、口を開いた。

「奥さん、もうぼくとは会わない方がいいですよ」

「どうしてですか」

「ぼくは貴方のことが好きになるかもしれない」

最初は戸惑いだけがあった。ことばもないわたしに追い打ちをかけるように、彼は言った。

「今、ぞっとしたでしょう。もう、ぼくと会いたくなくなったでしょう」

思いがけないことばだった。胸の動悸を抑えるように、わたしは声をあげた。

「なにをおっしゃるんですか。そんなこと思ってません」

「いいんです。自分がいちばんわかっているんです。女性に好かれるか、そうでないか。もう、二十九年もこの顔とつきあってきたんですからね」

「そんなふうに言うのはやめてください」

彼は口をきゅっと閉じると、わたしを見た。

「すみません。こんなやり方は卑怯でした。会わない理由を貴方に押しつけるなんて。本当はぼくが会いたくないんです。かなわない恋に苦しめられたくないんです」

考えるより先に口が動いていた。

「かなわないなんて、どうして決めてしまうんですか。試してみることもせず」

「世の中には、明白な事実ってものがあるんですよ。ぼくのような魅力のない男が、貴方みたいに幸せな結婚をしている女性を、ものにできるはずはない。もし、銀弥さんとぼくの立場が逆なら、可能性はいくらでもあるだろうけれど」

幸せな結婚。たったひとことがわたしの胸に突き刺さった。

「幸せに見えますか」

「見えないわけはないでしょう。美男子で実力もあり、それでいてまじめな旦那さんだ。梨園でも評判の愛妻家らしいじゃないですか」

わたしは指の先で、丸いキーホルダーをもてあそんだ。

「そうですね。浮気なんかされるよりは、ずいぶんましかもしれない。でも、あの人、わたしのことなんか、なんとも思っていないんです。わたしはただ、妻という役を演じるものに過ぎないんです。いえ、それよりもひどいかもしれない」

「どういう意味なんですか」

わたしは、とぎれとぎれに話しはじめた。

結婚して間もないころだった。その日のことを思い出すと、自分のあまりの愚かしさに顔から火の出る思いだ。

優さんはひさしぶりの休暇で、朝から家にいた。居間の日当たりのいい場所で、新聞をがさがさと広げていた。わたしは、ベランダで洗濯物を干していた。

絵に描いたような幸せ。

わたしはそう思った。優しい夫、ベランダの鉢植え、白い洗濯物。まだ、片づけていない、朝食の汚れた食器さえも、幸せの小道具だ。

だから、わたしは振り向いて、彼にこう聞いたのだ。

「ねえ、わたしのこと、愛している?」

わたしの知っているドラマや小説では、たいていこんな答が返ってくる。「ばかだな」だの「そんなこともわからないのか」だの、あるいは率直に「愛してるよ」。

だが、彼の反応はどれでもなかった。彼は目を見開いた。わたしがそんなことを言ったことが、信じられないかのように。

数秒の後、彼は笑った。おかしくてたまらないようだった。

笑いが止まると、わたしの方を向いて、ごく当たり前のように言った。

「よしてくれ、愛だの恋だのは舞台の上だけで、たくさんだ」

良高はわたしの気持ちを損ねることを恐れるように、おずおずと言った。

「でも、それはただ照れていただけじゃないんですか」

わたしは首を振った。

「夫のことだもの。本気で言ったことか、そうでないかはわかります。あれは、彼の本音なんです。彼が浮き名を立てないのは、彼にとって恋愛とは、舞台の上だけのものだからです。彼はわたしを愛したわけじゃなくて、家具かなにかを選ぶように、妻としてわたしを選んだだけなんです」

良高はわたしの顔を見なかった。

「それのどこが悪いんですか。そういうふうに、結婚相手を選ぶ人はたくさんいますよ。それに、愛だの恋だの建前の理由をつけているだけで。もしかして、ほとんどの人がそうかもしれない」

「でも、わたしはそんなふうに、選ばれたくなかった」

わたしは、泉が言ったことを思い出した。

「お友だちに相談したら、こう言われたんです。あんたは、プードルやコリーみたいな純血種の犬なんだって。そういう犬は、血統書で取り引きされるしかないんだって。でも、わたし、そんなふうに取り引きされたくなかった。さみしがりやの子どもが、雨の日、捨てられた仔犬を、放っておけずに抱いて帰る。そんなふうに、だれかの物になりたかった」

最後の方はほとんど涙声だった。

「子どもは、すぐに仔犬に飽きるかもしれない」

わたしは顔をあげた。

「ひどいことを言われるんですね」

「すみません、皮肉なたちですから」

わたしは少し迷った。泉にさえ、言っていないことだったから。でも、わたしは口を開いた。

「あの人、公演中は絶対わたしに触れないんです」

良高は、少し意味がわからないようだった。

「夜のことです」

ああ、と言ったとたん、表情が困惑する。わたしは鈍感なふりをして続けた。

「舞台に立ってる間は、絶対に求めようとしないんです。女の方から、そんなこと言うのはなんですけど、一度、聞いてみたんです。そしたら、亭主役の役者に申し訳がないから、そんなことはしないって。前の晩、女と寝た女形と心中が出来るものか。そりゃあ、そうしろなんてだれも言わないけれど、愛しさが違うだろう。自分のために女房さえも遠ざけていると思うと。そう、言ったんです。彼が大事なのは舞台での恋愛で、わたしは家を守って、跡継ぎを生めばいい、そう思っているんです」

しばらく、わたしたちは黙っていた。フロントガラスの向こうの闇に、押しつぶされそうだった。

決定的なことばを言ったのはわたしだった。

「貴方も、大島《おおしま》さんもそうですか。家具を選ぶように恋人を選びますか」

「わからない」

彼は首をふった。たしかに彼はおびえていた。

彼こそが、雨に濡れた仔犬だったのだと、後になって気づいた。だが、彼は選んだ。沈黙の後に、こう言った。

「でも、貴方なら」

次の逢瀬から、彼はわたしを小さな女の子のように扱った。


優さんはことばを忘れていく。

緩やかに、でも確実に。

行き着く果てがどこなのか、わたしには見当もつかない。

世界は、まわりくどい仕掛のからくりのようだ。落ちていく砂が重りとなり、歯車がまわる。ばね仕掛、滑車、水からくり。めぐりめぐったその先に、わたしはギロチンの刃が見えるような気がした。

第二章

伊達締めを両手できゅっと締める。

絽縮緬《ろちりめん》の長襦袢の、背中を引いて、衣紋《えもん》を抜く。

鬱金《うこん》の畳紙《たとう》の上には、白い絽縮緬のつけさげがひろげてある。

わたしは時計をちらり、と見た。あと、十五分くらいで家を出て、車をつかまえれば、なんとかまにあうだろう。

つけさげを肩に羽織り、裾を決める。流水に撫子や桔梗など、秋草の花筏《はないかだ》の裾模様。紗袋帯は、少し桃色がかった露芝。

袷《あわせ》の時季ならまだしも、夏の盛りに和服で出歩くのは、なかなかやっかいなことだ。身八つ口からの風通しは心地よいが、帯回りなど、じっとりと汗ばんでくる。

細組の帯締めをきつく締めて出来上がり。鏡で、後ろ姿を丁寧にチェックする。

劇場に出かけるときは、少しも気を抜けない。後ろ姿に、うるさいおばさま方の視線が集中する。

(ほら、あれが銀弥の奥さんよ)

(ずいぶん若いわね。あれでやっていけるのかしら)

（いい着物着てるわね。やっぱり収入がいいんでしょうね）

聞こえているのに、かまわずおしゃべりを続ける。最初のうちは神経症になりそうだったけれど、今はもう割り切っている。これも役者の妻の仕事のうちだ。

初日以外は、毎日顔を出す必要はないけれど、今の彼は、あまりにも危うげで、見に行かずにはいられない。

「大丈夫だ。台詞には問題はないよ。やっぱり役者の血なのかな」

彼は笑いながらそう言った。だが、わたしの見る限り、彼の容態は次第に悪化していった。

家に帰っても真っ青な顔をして、あまり口をきかなかった。

タイム・リミット。

わたしは西陣のバッグを持つと、家を出た。

源平布引滝《げんぺいぬのびきのたき》。

今月の昼の部の出し物は、この狂言の二段目と三段目、「義賢最期《よしかたさいご》」と「実盛物語《さねもりものがたり》」だ。

優さんの祖父、人間国宝、中村銀青が、両方の主役、木曾《きそ》義賢と斎藤《さいとう》実盛を演じて、話題になっている。

実盛こそは何度も演じて持ち役になっているが、義賢は彼にとって初役になる。そのはず、「義賢最期」という狂言は、後半の大立ち回りを見所とされる、かなりの体力を必要とする演目なのだ。

二メートルほどの二枚の襖の上に、もう一枚、襖を渡し、その上に義賢が立って襖を崩すという、単純だが危険で大がかりな見せ場。両手を広げて壇上に立ち、手をつかずに前へ倒れ、階段を落ちるという、通称「仏倒し」と言われる幕切れ。どれもこれも、七十歳をすぎた役者には、激しすぎる立ち回りである。

「みんな危ないって反対したんだがなあ、お祖父様は、絶対にやりたいと言って聞かなかったんだ」

優さんはため息をつくようにわたしに言った。

お祖父様は、新聞の取材に、こう答えていた。

「義賢最期という芝居は、今まで立ち回りの華やかさだけがもてはやされておりました。ですが、義賢は源氏のために切腹し、手傷を負ったまま、負けるしかない戦《いくさ》を続けるという恐ろしい精神力を持った男です。目先のおもしろさだけではなく、義賢という役の心が出せればと思っています」

初日に、この芝居を見たときのことは忘れられない。それほど頻繁に上演される出し物ではないから、わたしは初めてだった。

五十日鬘《ごじゅうにちかつら》と呼ばれる長髪の鬘に、紫の病鉢巻、白塗りで現れたお祖父様は、恐ろしく大きかった。心は源氏に捧げながら、平家に仕えるしかない男の苦悩と、決意が滲みでていた。

後半になって、平家討伐の深謀がばれて、大軍に囲まれ、雨霰《あめあられ》のように飛ぶ矢を払いのけながら、戦い続ける。

顔の半分をどす黒い血で濡らしながら戦う義賢。

修羅道。わたしはふとそんなことばを思い出した。殺しても殺しても敵は増え続ける。疲れきっても休むことは許されない。きりもなく殺し続けねばならない、地獄。

やがて、ひとりの兵に後ろから捕らえられると、自らの腹に刀を突き刺して、後ろに立つ敵を、突き殺す。

最期は壇上で、かっと目を見開き、両手を広げて、客席に覆いかぶさるようにゆっくりと倒れていくのだ。

幕が閉まった後、わたしは放心のあまり、拍手をすることさえ忘れてしまっていた。

初日から数日後、ある新聞の劇評にはこうあった。

血の祝祭

「源平布引滝」は、ひさしぶりに堪能できる舞台だった。中村銀青はその高齢にかかわらず、若々しく大きい義賢を見せてくれた。源氏の嫡流でありながら、朝廷に仕えなければならない身の上の苦悩が、兄のどくろを蹴れ、と強制されて噴出する様。「平家無道の人畜めらに、甲冑にて向かわんとは武具の汚れ」と言って、素袍《すおう》長袴のまま敵に向かういさぎよさなど、今まで見逃していた戯曲のおもしろさが際立ってくる。

特に素晴らしいのが後半。負け戦を覚悟しながら、たったひとりで敵に向かうダンディズム。また血に染まった顔での仏倒しに、演劇の原点である、血の祝祭を見る思いがした。「義賢最期」は犠牲者の話である。銀青の義賢は、主君に捧げる血を超越し、神に捧げる血を流したと言っても過言ではない。

他に、銀青の孫、銀弥の小万が良い。義賢の死の証人になり、その後、命をかけて白旗を守ろうとする心がよく出ていた。

開演より少し早く、劇場に入る。

平日なので、ごひいき筋も少なく、すこしほっとした。受付に座ってもらっている、番頭の赤井《あかい》さんと話をした。

「それにしても、大旦那の義賢はすごいですなあ」

赤井さんは胡麻塩のようになった髪に手をやりながら、感に堪えないといった様子で言う。

「あんなに激しい立ち回りをして、お身体、大丈夫なんでしょうか。それに、三十分の幕間《まくあい》の後すぐ、台詞の多い実盛でしょう」

「なになに、あの人はそう簡単には音をあげませんよ。三歳のとき初舞台を踏んで、七十年近く舞台で生きてるんだ。やると言ったからには最後までやり遂げますよ」

「本当に」

四十、五十は洟垂れ小僧、と歌舞伎の世界ではよく言うが、舞台を見ると、本当にそう思う。

八十の役者の前では、六十半ばの役者でも、青くさく見えてしまう。

開演ブザーが鳴ったので、赤井さんに断って、席につく。

優さんは小万という女性の役を演じている。出番こそ、それほど多くはないが、「義賢最期」「実盛物語」を通して一番重要な女性の役だ。彼の立場では、待宵姫《まつよいひめ》というお姫様か、葵御前《あおいごぜん》という義賢の妻の役くらいが適当なのだろうが、今回は祖父の抜擢で、大役に挑むことになったのだ。

小万は田舎の女だが、ふとしたきっかけで義賢の死の証人となり、彼から源氏のシンボルである白旗を預けられる。

その後、白旗を奪い取ろうとする平家方との戦いで、同じく源氏に心をかける斎藤実盛に、白旗を持った腕を切り落とされ、海に落ちて命を落とす。

だが、死んでも一念が腕にこもり、決して白旗を離そうとはしない。そのうちに死体が発見され、父の九郎助《くろすけ》が腕をつないでみると、一瞬だけ生き返り、「白旗お手に入りましたか」と父に問うのだ。

「むずかしい役だよ」

優さんは、配役が決まったときに困ったような顔をして言った。

「腕を接がれて生き返る部分を、荒唐無稽にしたくないんだ。小万にとって源氏の白旗がどんな意味を持つのか、どれほど大切かを伝えられなければ、絵空事になってしまう。実際、白旗を守って死ぬ場面は、劇中で語られるだけだし、小万が白旗に対する思いを語るのも、今わの一言だけだし、本当にむずかしい。どうしていいのかわからないよ」

「大丈夫、優さんならきっと出来るわよ」

ただの励ましじゃない。最初こそ、容姿の美しさに魅せられたようなものだが、舞台を見続けていくうちに、わたしは彼の、役者としての底知れない天分に気がついた。

心中の道行《みちゆき》では、男にすべてを預けた不幸せな女。淋しげでありながら、まるで菩薩のように、静かに男を包みこむ。

うって変わって、花道のすっぽんからせり上がってくる稀代の妖女。まとわりつくような妖気を漂わせて、男を迷わせる。

伝法で勝ち気な毒婦もいい。

胸のすくような捨て台詞を吐き、以前の恋を利用して、男をゆする。出刃包丁をふりあげて決まる見得の姿の美しさには、ため息がでるようだ。

まるで、眠っているみたい。

ふだんのときの、穏やかで無口な優さんを見ているとき、ふいにそう思った。

そう、たぶん彼は眠っているのだ。舞台という華やかな夢の中で、目覚めるため。その夢で生きるため、彼は日常を眠り続ける。


幕が上がる。

進野　木曾の先生義賢を、進野次郎が生け捕ったり。

義賢　モウこれまで。

〽刀逆手《さかて》に我が腹へぐっとばかりに突き立つれば、進野次郎が背骨へ抜け、血煙り彩る金襖、紅葉を描く如くなり。義賢両眼かっと見開き、

義賢　小万はおらぬか、小万々々。

〽と呼び立つれば、気丈の小万敵を切りぬけ走り来て、

小万　ヤ、早、御最期かや……お痛わしゅうござりまする。

義賢　ヤア騒ぐな歎くな。義賢の討死は覚悟の前、とにもかくにも大切なはこの白旗、汝にしかと預ける間、葵に追いつき手渡しせよ。平家のけがれをさっぱりと切って捨てたる我が切腹。いさぎよく最期の次第を言い聞かして喜ばせよ。思い置く事少しもなし。さりながら腹な子にたゞ一目、こればっかりが残念なわい。

〽さしも我強き大将も子ゆえの暗《やみ》ぞ道理なり。

迷うたり〳〵、いで晴れ業の死出の旅、小万見届け物がたれよ、おのれは三途の瀬踏みをなせ。

〽刀をぬけば目も紅《くれな》い、よろめく次郎を袈裟がけに切って捨てたる此世の輪廻。弔う菩提の拝み打ち。

小万、その旗、大事にかけよ。

小万　あい〳〵。

〽あい〳〵も跡へ引く、心乱る、後ろ髪。

義賢　はや行け。

〽弥陀の御国へ帰り足、道は二筋、別れ道。

迷うなよ、はぐれなよ。

〽迷うなはぐれな、追分け道、源氏の末は石場道、先で近江の鮒折と、別れ〳〵に。

小万、上手にゆき、水を義賢に呑ます、義賢のむ、仆れる。

小万　モシ。

義賢立つ。見得。

柝《き》の頭

昼の部のキリは、所作事の吉原雀《よしわらすずめ》だった。

幕が下りる少し前に、わたしは劇場を出た。最後まで残って、帰る客の目にさらされるのは、やはり気がすすまない。劇場の脇をぐるっとまわり、昭和通《しょうわどお》りに面した楽屋口から、入った。

幕が閉まると急に慌ただしくなる楽屋の廊下も、今はひっそりと静まっている。吉原雀の華やかな清元が流れているだけだ。

優さんの部屋は、いつも決まりの場所だった。夏らしい薄物ののれんをはね上げ、わたしは中に入った。

「優さん？」

声をかけると奥の部屋から返事が返ってきた。

「ああ、一子か」

草履を脱いであがる。

優さんは、もう化粧を落として、くつろいでいた。奥の部屋との間の柱にもたれるようにして、しきりに手を動かしている。

「見てたの？」

「ええ」

わたしは手前の部屋に腰を下ろした。いつのまにか、わたしは芝居の感想を、彼に言わないようになった。たとえ、どれだけいいと思っても、決して口には出さない。優さんの舞台に賭ける執念や意地を側で見ていると、たとえ褒めことばにせよ、無責任に言うことは、許されないような気がするからだ。

定紋の乱れ牡丹を格子にあしらった浴衣から、胸元や腕がほとんどあらわになっている。自堕落で、それでいて下品ではない着方。やわらかな綿の生地が、身体にすうっと貼りついているようだ。

わたしは彼の手元をのぞき込んだ。彼は浴衣のほころびを繕っていた。

「ああ、手元が暗くなるから、こっちに来て」

「ごめんなさい。でも、そんなこと、わたしがするのに」

「いや、いいんだ。半四郎《はんしろう》兄さんの浴衣だから」

「葉月屋《はづきや》さんの？」

葉月屋。小川《おがわ》半四郎。すっきりとした江戸前の二枚目。恵まれた体格やよく通る美声、作りの大きな顔で人気の、当代きっての花形役者だ。

面長で目がぎょろりと大きく、鼻筋が通っている。白塗りをすると、まるで国周《くにちか》の役者絵のように華やかだ。

ここ二、三年は、優さんとの競演の美しさが評判になり、二人の屋号から、葉牡丹コンビと呼ばれている。優さんにとっては、もっとも共演回数の多い亭主役だ。今回も、小万の夫、多《た》田蔵人行綱《だのくろんどゆきつな》を演じている。

祖父や父を早く亡くしたため、後押しをしてくれるものがなく、一時は低迷していたらしいが、優さんと競演するようになって、人気に火がついたらしい。

その、葉月屋さんの浴衣を彼が纏っているというのだ。たしかに浴衣の模様は、葉月屋さんの替紋の、夕顔だった。

「でも、そんなことは向こうのお弟子さんが、なさるんじゃないの？」

「兄さんところはうちと違って、お弟子さんが少ないからね。いろいろと手がまわらないことがあるんだよ」

彼は手際のいい運針をやめ、白い歯できゅっと糸を切った。

優さんと、葉月屋さんには似たような部分があった。どこかざらついた手触り、とでもいうのだろうか。お行儀のいい丸本物よりも、黙阿弥《もくあみ》や南北《なんぼく》などの退廃的な芝居に本領を発揮するような部分が。彼らが寄り添う舞台には、息も詰まるような淫蕩の気配があった。

わたしは彼の手にある白い浴衣に、かすかな嫉妬を覚えた。

戸口に影がさした。と、同時に屈託のない声が飛び込んでくる。

「優ちゃん。いる?」

「ああ、兄さん。出来たよ」

顔を覗かせたのは、半四郎さんだった。

「奥さん、こんにちは。優ちゃんを使ってすみません」

彼はすがすがしい笑顔を見せると、つかつかと中に入ってきた。浴衣がないせいか、半袖の白いシャツとジーンズという出で立ちで、脇にポスターを抱えている。優さんはぽおんと浴衣を投げた。うまく受けとめる。

「ああ、ありがとう。すまないねえ、こんなときに母さんがいてくれたら」

「それは言わない約束でしょう」

わたしは思わず噴き出していた。葉月屋さんはわたしの横にあぐらをかいた。

「奥さん、いいときに来ましたよ。さっき、来月のポスターが刷り上がったんです」

「来月って、四谷怪談のですか」

「そう。優ちゃんも、まだ見てないだろ」

優さんは立ち上がって、浴衣の帯を締めなおしながら、こちらの部屋に来た。

「どれどれ」

葉月屋さんはもったいぶった手つきでポスターを広げた。

東海道四谷怪談。

紙面の真ん中に、傘張りの内職をする伊右衛門《いえもん》の葉月屋さん。立て膝の上に腕を預け、暗い目でこちらを見ていた。口元を火傷の傷痕のようにひきつらせている。

わたしは思わず、前の葉月屋さんの顔をまじまじと見た。

「やだな。奥さん、ポスターと見比べないでくださいよ」

「ごめんなさい」わたしは赤くなった。

目の前のおおらかで明るい男性と、写真の美しく残酷そうな男との共通点が見つからなかったのだ。

ふつう四谷怪談のちらしや広告では、面相が崩れて、幽霊になったお岩様の写真が使われる。夏芝居ならなおさらだ。だが、今回は違った。優さんのお岩様は、伊右衛門の斜め前に、子どもを抱いて立っていた。髪は、わずかに乱れ、生活に疲れたような面もちで赤子をあやしていた。

怪談というより、悲劇のポスターのようだ。

「いいじゃないか」

優さんが気に入ったらしく、快活な声をあげる。

「ずいぶんいいのさ」

葉月屋さんが、伊右衛門のように、にやりと笑う。

「これは金森《かなもり》先生の指示かな」

金森先生というのは、今回の監修をすることになっている大学教授だ。彼が一年前、葉牡丹コンビの四谷怪談を上演したい、と言いだしたのがすべてのきっかけだった。

話の見えないわたしに、葉月屋さんが笑いかける。

「金森先生がね。今回の四谷怪談は、お化け話としてじゃなくて、お岩様と伊右衛門の人間ドラマの部分を前面に出したいって言ってたんですよ」

「ああ、それで後半のお岩様じゃなくて、前半の綺麗な方を、ポスターに使ったのね」

優さんは、腕を組んでしみじみと言った。

「一年がかりだったものなあ」

「ほんとにねえ」

年寄り臭い会話。思わず含み笑いをしてしまう。

「奥さんが笑ってるよ。じじむさいってさ」

「しかたない、兄さん。この次は『ぢいさんばあさん』でもやりますか」

はじけるような笑い声が、楽屋にあふれた。

交差点で足を止める。

行き交う人の量があまりに多くて、気分が悪くなりそうだ。日傘を持ち上げるようにして、人とぶつかるのを避ける。

まるで、虫をまき散らしたみたい。

そう思った後、自分もその虫の一匹だということに気づいて苦笑した。

通りの向こう、待ち合わせの喫茶店に目をやると、二階から泉が手を振っていた。

急いで歩きだす。

「道路の真ん中でぼんやりしてると、人の邪魔だわよ」

泉が座っているテーブルにつくと、開口一番にこう言われた。

「ちょっと考え事をしてたのよ」

泉はわたしを、上から下まで流すように見た。

「この夏の盛りに和服で出歩くとは、ご苦労なことね」

「仕事着みたいなものだもの」

泉は、灰色の肩の明いたスリップドレスの上に、同色のレース編みの長い上着という涼しげな格好をしている。ウエーヴがかかりすぎて、ほとんど球形の頭とで、かなり目立つ。

「まあ、座ったら。ここの洋菓子はかなりいけるわよ」

泉の目の前に生クリームのついた、白い皿がある。どうやら、わたしが来る前に味見をすませたらしい。

わたしはメニューを検分し、「虹色のゼリー」というお菓子を注文することにした。水を持ってきた女の子にそう言うと、泉はにっこり笑って、「わたしもそれ」と言った。

「なあに。さっき食べたんじゃなかったの？」

「それはそれ。これはこれよ」

虹色のゼリーは、ゆるいゼラチンの中に、七色のさいころ状のゼリーが固められているという、かわいらしいお菓子だった。

食べている途中で、わたしは泉の新しい指輪に気がついた。

「泉。指輪、また買ったの？」

「あっはっはあ。ローンの借金を払うために働いているようなもんよ」

彼女はそれを外して見せてくれた。洋梨のかたちの石をプラチナの葉っぱが囲んでいる。

「すてき」

「でしょう。見た瞬間に離れられなくなったわよ」

わたしは指にはめてみてから、それを泉に返した。

「ところで一子。相談ってなによ」

わたしは躊躇した。こうやって泉を呼びだしたものの、優さんのことを言っていいのかどうかわからない。だが、どう考えても、わたしひとりの手に負える問題じゃない。

だれにも話さないで、と釘を刺してから話しはじめた。

泉は煙草を吸いながら、口を挟まずに聞いてくれた。話が進むにつれ、眉間にきつくしわが寄る。これほど現実離れした話なのに、真剣に聞いてくれているのが、ありがたかった。

わたしは胸につかえていた物を吐き出すように喋り続けた。

すべて話し終わると、泉は半分ほど吸った煙草をもみ消した。

「はっきりと言わせてもらうわ。怒らないでね」

わたしはうなずいた。

「銀弥さん。お芝居してるんじゃないの」

呆然とした。そんなこと、考えたこともなかった。思わず早口になる。

「だって、泉はそんなこと言うけど、見てないからよ。本当に苦しそうなんだから。お芝居とは思えないわよ」

「一子、銀弥さんは役者なのよ。それも、ふつうの役者じゃない。あたしも一子が結婚してから、何度か彼の舞台を見たけど、確かに怖いくらいの才能を持ってる人だわ。彼が本気になったら、一子みたいなぼんやりした子をだますなんて簡単だと思うわよ」

わたしは根付をいじりながら、うわごとのように言った。

「でも、でも、なんのために」

「一子、まだ、あの人とつきあっているの」

急に言われて驚いた。

「良高のこと？」

「そう」

「たまに会うわ。でもそれだけよ」

「よけいに悪いわよ」

泉は指先で、テーブルをこつこつと叩いた。

「好きなんでしょ。それなのになにも起こらないってことは、それだけの緊張感を保ち続けてるってことよ。あたしだったら、肉体関係の浮気は許せるけど、それは許せないな」

わたしは首を振った。罪悪感が澱《おり》のように胸に溜まっていた。

「言わないでよ」

「気づいてるんじゃない。銀弥さん」

「まさか」

「まさかじゃないわよ。絶対に気づいてる。だから、そんなお芝居をするのよ。一子をことばに出さずに責めているんじゃない」

わたしは唇を噛んだ。喉が震える。今にも涙が出そうだった。

泉はわたしから目を逸らした。なにも言わずにわたしが落ちつくのを待ってくれている。

わたしはうつろな目で、外の景色に目をやった。人の波が、万華鏡を覗いたように、集まったり散ったりしている。ビデオの早送りのような光景。

泉はもう一度わたしを見た。

「わたしが、なぜそう思うか教えてあげる。なんで、銀弥さんは一子の前でしか症状が出ないんだと思う？」

「舞台や楽屋で緊張してたのが、緩むからじゃないかしら」

「どうして？　緊張するとよけいに症状が出ることだって、あるでしょう。舞台では責任があるから、ことばを忘れたふりなんかできない。楽屋だって、役者仲間に知られると家の恥になる。結局、症状が出て困る場所では出ないじゃない。そんな都合のいい病気ってある？」

「わからないわ」

わたしは額に手をやって下を向いた。

信じたくない気持ちと、そうに違いないと思う気持ちが、身体のなかで暴れていた。

「どうしたらいいの」

「決めることね」

「決める」

わたしは泉の言った意味がわからなかった。

「決めるしかないのよ。彼と別れるか、銀弥さんと別れるか。それとも銀弥さんの芝居を放っておいて、今の状況を続けるか。迷おうが、悩もうが、決めるしかないのよ」

泉はいつも、怖いくらい本当のことを言う。

ぼんやりと駅の階段を昇る。泉のことばは、粘着質の物体のようにわたしの胸から離れなかった。

こんなとき、後ろから突き飛ばされても、わたしには解らなかったに違いない。肩をぐっと摑む手で、わたしは我に返った。

「奥さん」

葉月屋さんだった。

「さっきから呼んでるのに気づいてくださらないから」

「ごめんなさい。ぼおっとしていて」

「いやいや」

わたしたちは並んで電車に乗った。ラッシュ時のなにかに巻き込まれそうな人混み。葉月屋さんは、わたしをかばうように立ってくれた。

二カ月前の事件。彼はあれからすっかり立ち直ったのだろうか。見せる笑顔には、相変わらず屈託はなかったが、どこかに以前と違う、暗いものが潜んでいるような気がした。

「奥さん」

声に、頭ひとつ分高い、彼の顔を見上げる。葉月屋さんは、どこかおずおずとした調子で話しはじめた。

「こんなところで話すのはなんですけど、実は銀弥くんのことで、気になることがあるんです」

わたしは息を呑んだ。顔をそむけて外の景色を見る。

「彼、身体の調子が悪いんじゃないですか」

思わず答えていた。

「葉月屋さんも、そう思われます？」

「やっぱり奥さんも気づいてましたか。なんだか元気がないし、まあ、彼は元来、あまりつきあいのいい方じゃないけど、それにしてもぼくや他の役者を、避けてるような気がして」

わたしは答えることも出来ずに、彼の胸のあたりを見つめていた。

「調子が悪いんじゃないかって聞いても、そんなことないって言うし。たぶん、彼、無理してるんだと思うんですよ。深見屋のおじさんの義賢ですしね。でも、ぼくもぜひ来月、銀弥くんと共演したいし、身体には気をつけてもらわないと。奥さん、ぼくがこんなこと言うの、おせっかいかもしれないですけど、銀弥くん、一度病院で検査でも受けた方がいいんじゃないですか」

「ええ、言っておきます」

わたしはほとんどうわの空で返事した。

「それとも、身体に異常がないとすると、神経かな」

思わず顔をあげた。この人はどこまで知っているのだろう。

「悩みごとでもあるのかもしれない。彼、ぼんやりしているようで、案外神経質だからなあ。初役のお岩様の役作りで、悩んでるのかな。そうだったら、気にすることもないんだがな」

だが、彼の表情にはなにかをほのめかすような様子はなかった。

わたしは一瞬、この頼りがいのある大きな人に、すべてを話してしまいたいような衝動にかられた。

だが、だめだ。優さんは、だれよりも彼に知られることを嫌がるだろう。

問いつめてもらいたかった。無理矢理問いつめられて、喋るしかない状況に追い込まれたら、どんなに楽になるだろう。

わたしは思いを込めて、葉月屋さんの目を見た。葉月屋さんはにっこりと笑い返しただけだった。


家に帰ると、優さんが夕食を作って待っていた。

「ごめんなさい。遅くなって」

「いや、ちょっと気分転換したくなって作ってみただけだ。変なふうにとらないで」

少し早い夕食をとりながら、わたしは優さんの顔を見つめ続けていた。

(決めるしかないのよ)

泉のことばは、こだまのように胸に鳴り響く。

なにひとつ、決めたり、捨てたりしないで生きられたら、どんなに幸せだろう。つらいのはきっと、捨てられることではなく、捨てることだ。自分でもぎとった傷口は、だれを責めることもできない以上、いつまでも痛み続けるだろう。

わたしはよっぽど悲惨な顔をしていたらしい。優さんが箸を止めて言った。

「一子。ぼくのせいでつらい思いをさせて、すまない」

わたしは無理に明るく言った。

「夫婦だもの。当たり前でしょう」

だが、自分で口に出したことばは、あまりにも薄っぺらだ。自分で、それを信じていないことを痛感した。

わたしは、どれほど努力しても、役者なんかにはなれないに違いない。


「コップ、花瓶、本、万年筆」

優さんの声は乾いていた。

「体温計、写真立て、絵はがき、糸切りばさみ」

夕食後、優さんは、実験をしようと言い出した。

「今日はなにも忘れていないと思うんだ。今までは初役のことで、頭がいっぱいだったから、あんな惚けたことをしたんだと思う。もう、七日目だしね。大丈夫だよ」

わたしたちは、部屋の中を、目についた物の名前を言いながら、歩いた。ライチは白い尻尾をぴんと立て、パトロールするように後に続いた。

「鏡、鏡台、手鏡、櫛、そう、つげの櫛だ」

「クッション。この模様は、そうだ馬だ。インド風の馬」

彼の声には淀みがなかった。だが、胸苦しい不安が、わたしたちをじりじりと追いつめていく。その証拠に、優さんの額には、玉のような脂汗がびっしりと浮かんでいた。

「百科事典。ナイフ、ペーパーナイフ。らっぱを吹いている兵隊の細工だ」

不意に彼の目が止まった。

石のような沈黙。

わたしは彼の視線を追った。その先には、赤い銅の目覚まし時計があった。わたしは反射的に叫んでいた。

「優さん。時計よ。時計。目覚まし時計」

彼は時計を見つめながら、力のない声で言った。

「とけい」

「そうよ。誰でもそのくらい、ど忘れすることがあるわよ。気に病んじゃいけないわ」

「とけいが指すものは？」

優さんは、なにも知らない子どものように尋ねた。

「一子、とけいが指すものはなんだ」

わたしは声の震えを抑えながら言った。

「時間、だわ」

「じかん」

涙があふれ出しそうだった。お芝居なのだろうか。本当にこれが、お芝居なのだろうか。

「優さん、色は、色は大丈夫？」

「色か？」

彼はうつろな目で、ゆっくりと部屋中を見回した。

「白、黒、青、水色、緑、深緑、桜色、濃い桃色、京紫、小町桜、梔《くちなし》色、ビリジアン、マリンブルー、杏色、赤、肌色、銀色、新橋色」

彼の唇から流れ出す、無数の色彩。わたしは足もとから、世界が揺らぐような印象を覚えた。

ふと、彼の声が止まった。口を半開きにして、壁の一点を見つめている。

そこには一枚の絵がかかっていた。ある日本画家が、優さんの化粧風景を描いた水彩画だった。

絵には多くの色彩が散っていた。だが、彼がどの色でつまずいたのか、わたしには知るすべはない。

「優さん。どの色なの。どの」

わたしは彼の肩を揺さぶった。彼はのろのろと、その絵の一点を指さした。

「ああ、それは茶色。焦茶色よ」

「ちゃいろ」

彼は表情も変えずに、じっと絵を見つめていた。わたしはたまらずに、彼の腕を引いた。

「そんなふうに考えこんじゃだめ。向こうへ行きましょう」

わたしは彼を居間に引っ張っていった。

「お願い、もうやめて、優さん。そんなふうに自分を追いつめるのは」

「ピアノ、椅子、人形」

わたしは何とか彼を、長椅子に座らせた。

「温かい飲物でも淹れるわ。落ちつくわよ」

彼は返事をしない。わたしは、急いで台所へ行った。

洋酒入りの紅茶を淹れて、居間に戻った。

優さんは、立ち上がって飾り棚をのぞき込んでいた。わたしはトレイをテーブルに置くと、彼の横へ立った。

「どうしたの」

彼の目は小さな陶器の動物たちに注がれていた。指の先ほどの、うさぎや馬や、豚。

銀座にある専門店の前を通るたびに、彼がひとつずつ買い求めてきた動物たちだった。今はもう動物園が開けるくらい、集まっている。

優さんの肩は震えていた。わたしは、もう恐ろしかった。彼が今度は、なんの名前を忘れたかを聞くのが。

次の瞬間、彼は動物たちを払いのけた。

小さく無力な無生物たちは、ちりぢりに床に散らばった。ライチは驚いて、居間から飛び出した。

優さんは頭を抱えてしゃがみこんだ。

「だめだ、だめなんだ」

「優さん」

わたしは腰を下ろして、彼の頭を抱いた。

彼は真っ青な顔で、わたしを見た。

「一子、このままじゃ、ぼくは」

言いかけて、口を開けたまま、凍り付く。

そのときわたしは理解した。

目の前の物の名前を忘れるだけならば、わたしが教えてあげられる。けれど、彼が、自分の思いを伝えるためのことばを忘れたなら、わたしには助けることはできないのだ。

わたしたちはまったく別の人間なのだから。

わたしたちは、見つめあった。まるで別の星の人と出会ったように。

優さんの身体がぐらりとかしいだ。


血ぶくれでふくれあがった皮膚のようだ。

気を失ってしまった優さんの頭を抱きしめながら、わたしは泣いた。

優しい指で触れるだけでも、血は噴き出すだろう。風にさらされるだけでも、傷は痛むだろう。

なにもかも、血ぶくれの皮膚のようだ。

彼の頭は冷たかった。失神したはずなのに、眠るように安らかな顔をして、目を閉じている。

わたしは、彼の短い髪の間に、手を入れてかき回した。涙はぽたぽたと、彼の頰に落ちた。

まるで、わたしじゃなくて、彼の涙みたいだった。

優さんの小さな唇が、かすかに震えた。

「許してくれ。ぼくが悪かった」

吐息のように細い声。だが、たしかに声はそう言った。

許してくれ。ぼくが悪かった。

わたしは膝の上の彼の顔をぼんやりと見た。

急に電話が鳴った。

わたしは、彼を長椅子にもたせかけた。

よろよろと立ち上がり、玄関口に向かう。なにもかもおっくうで、わたしは電話が切れてしまうのを、ひそかに望んだ。

だが、電話は鳴り続けていた。

「もしもし、棚橋です」

電話の向こうの声は、わずかに躊躇した。

「一子ちゃんか」

低くて深い声。良高の声だ。彼がこんな時間に電話をかけてくることなど、今までなかった。

「どうしたの。いったい」

優さんが気を失っていることはわかっていたが、わたしは思わず声をひそめた。

「旦那は？」

「眠ってるわ」

説明するのがつらかった。彼はまた黙った。

「なにかあったの？」

乾いてざらついた沈黙の後、良高はつぶやくように言った。

「一子ちゃん。会いたいんだ」

「駄目よ」

弾けるように答えていた。

「駄目よ。だめ。今はだめ」

「旦那の様子、ひどいのか」

わたしは答えられなかった。だが、彼は察したらしかった。

「どうしても、会えないのか」

「会いに来ちゃいけないって言ったのは、貴方じゃない」

「確かにそう言った。でも、あれは強がりみたいなものなんだ」

「でも、だめよ。このままじゃ、優さん死んじゃうわ」

電話の向こうで息を呑む音がした。

「一子。もし、ぼくがきみが来てくれなかったら、死んでしまう、と言ったら」

「お願い、困らせないで。きっと、わたしも気が狂って死んじゃうわ」

「じゃあ、もう、会えないのか」

「お願い、お願いだから、考えさせないで。どうしていいのかわからないのよ」

良高はしばらく黙っていた。数分間、わたしたちは受話器を握りしめたまま、黙り続けていた。

彼はかすかにため息をついた。

「一子。愛している」

それだけを言って、電話は切れた。


わたしは受話器を握りしめたまま、泣き出した。彼の気持ちはわかっていたはずだった。だが、そのことばを、口に出すのと出さないのとでは、なにもかもが違った。

涙は受話器を伝ってダイヤルを濡らした。

そのことばは、暗くて深い穴のようなものだった。やっとのことで、平静を保っていたのに、わたしはその穴の中にずるずると引き込まれかけていた。

愛の告白が、人を絶望させることがあるなんて、わたしは初めて知った。

次の朝、優さんは一言も口をきかずに、家を出た。

わたしはぼんやりと椅子に座って、ライチの温かい背中を撫でていた。彼はざらざらした舌で、わたしの指をなめ、何度も切なげに鳴いた。

開演時間が迫るにつれて、わたしはいても立ってもいられなくなった。あんな状態で舞台に立って、大丈夫なんだろうか。また、どこかで倒れてしまわないだろうか。

わたしはとうとう、チェックのワンピースの部屋着のまま立ち上がった。財布と鍵だけ握りしめて、部屋を飛び出す。マンションの下で車をつかまえて、わたしは劇場へと急いだ。

後ろでゆるく編んだ髪型や、だらしない服装が気になって、わたしは目立たないように、三階席の切符を買った。

人の目を避けるようにして、階段を昇る。開演五分前には、わたしは座席にたどりつくことができた。

わたしの席は補助席だった。客席の階段のてっぺんに、鉄錆の浮いた古い椅子が置いてある。そこに座って、わたしはあたりを見回した。

右隣には、おしゃべりなおばさん方が、団体で来ている。そうそうに、お菓子やお茶を回して、口いっぱいに頬張っていた。

左隣にいたのは、若い男性の二人連れだ。友人にしては年が離れすぎ、兄弟にしてはよそよそしい。会話を聞いて、納得した。どうやら先生と生徒らしい。

柝の音が響き、幕が開く。

朗々とした浄瑠璃の声。本舞台はここから見ると、まるで、奈落の底だ。

わたしは思わず身を乗り出す。

優さんだ。

紫の石持の着付け、紫の帽子、白い首筋。

だが、やはり今日の彼は、どこかが違った。動きが硬く、台詞にはりがない。わたしは拳を握りしめた。

来なければよかった。こんな彼を最後まで見続けることができるだろうか。

彼が舞台袖に引っ込むと、わたしは思わず大きなため息をついた。

隣の男の子がちらりとこちらを見る。

帰ってしまおうか。一瞬、そう思う。だが二度目に現れた彼は、かなり落ちつきを見せていた。

わたしは少し安心した。そのまま、「義賢最期」の幕は下りた。

それは「実盛物語」のときに起こった。

小万の父、九郎助の住居に小万の死体が運び込まれる。銀青の実盛らが小万に、切り落とした腕をつなげると、寝鳥《ねとり》と呼ばれるどろどろの鳴り物で、小万が息を吹き返す。

「かかさまいのう」

小万の息子、子役演じる太郎吉《たろきち》が、母にすがる。小万はうつろな目を彼らに向ける。

「ととさん。かかさん、太郎吉、御台さまは」

葵御前が答える。

「ここにいますわいの」

ふと、小万の動きが止まった。彼の眼差しが中空へと漂う。紅のない唇が半開きのまま、固まった。

彼の表情は、小万のものではなく、棚橋優のものに戻っていた。

こんなことは今までになかった。

忘れたのだ。わたしの腕ががたがたと震えはじめた。

彼の目は手に握られた白旗へと注がれている。

叫びたかった。白旗よ。それは白旗なのよ。

客席がざわつく。彼が台詞につかえていることはだれにでもわかった。わたしは、なにもかも忘れて立ち上がった。

耳もとで、だれかがささやいたらしく、彼は我に返った。

「しらはた、おてにはいりましたか」

声にはまったく精彩がなかった。

「その白旗は、自らが手に入りしぞ」

葵御前のことばに、小万は苦しげに微笑む。

「嬉しや。太郎吉にたった一言」

震えるような声で言った後、小万はがくりと息絶えた。

あとは、黒衣《くろご》が持った幕に隠れて、はけるだけだ。そう思うと、全身の力が抜けた。

足ががくがくと震え、わたしは客席の階段を踏み外した。

景色が車輪のように回転する。

わたしは勢いよく転がり落ちた。

だれかが駆け寄って、わたしの腕を摑んだような気がした。

「大丈夫ですか。お嬢さん」

その声を聞きながら、わたしは自分の意識が、溶けるように散っていくのを感じた。

二幕目

第一章

足取りが軽い。

浴衣の袖を引っ張って、首だけでのれんをくぐる。

楽屋には付き人の由利《ゆり》ちゃんがいた。師匠の肌着を繕っているらしい。

彼女は繕い物から顔をあげた。

「小菊《こぎく》さん、おっそーい、どこ行ってたの」

「鈴次郎《すずじろう》兄さんのところ。ごひいきさんから、たくさんお菓子をもらったから取りにおいで、って言われたんでね」

ひょい、ひょい、と散らかった物を足で飛び越え、自分の化粧前に座る。汚れた白粉ケースや、紅のこびりついた皿。鏡には、「瀬川《せがわ》小菊」と書かれた紙が、剝がれそうになっていた。

「やだねえ、化粧前なんか二十センチもありゃしない。こんな設備の整っていないとこで、二週間も興行するのは、いやんなるね。ああ、歌舞伎座が恋しい」

言いながら、千代紙の文庫を開けて、もらってきた金平糖の包みをしまう。

朝日座《あさひざ》の楽屋は歌舞伎用には出来ていない。大部屋連中は、立役と女形に分かれて、芋こきみたいな部屋に押し込められている。

「あと五日で終わりじゃない。それに客の入りはいいみたいだよ」

「そりゃ、蓬莱屋《ほうらいや》さんが一緒だからさ。師匠はもう、帰ったの？」

「さっきね」

わたしは振り向くと、由利ちゃんのタンクトップ姿をつけつけと見た。

「ちょっと、あんた。いくら七月で無礼講だからって、その格好はないんじゃないの。若い女の子が、腋まで覗かせてさ。ああ、やだやだ。あたしなんか、脚見せるのだって恥ずかしいのにさ」

由利ちゃんは、にくたらしく笑った。

「そりゃ、小菊さんは男だからせいぜい女らしくしなくちゃ。わたしはもともと女だからいいのよ」

大きなお世話だ。わたしは自分の私服を抱えると、部屋の隅に行って着替えはじめた。

「少しは師匠を見習ってご覧よ。あの人、大口を開けるのが恥ずかしくて、歯医者にも行けないんだから」

「ほんと、旦那ほど可愛らしい人は、そういないわね」

師匠、というのは、そろそろ人間国宝になろうかという女形、瀬川菊花《きっか》のことだ。齢《よわい》、六十も半ばになるというのに、市松人形やくまのぬいぐるみを愛し、初めての男性の前や、亭主役の役者の前では、もじもじと恥じらう様子を見せる。「あやめぐさ」が座右の書という人だ。国立劇場の研修生から入門して以来、わたしは師匠に、すっかり心酔している。若い女形には珍しく、ふだんでも女ことばをやめないのは、そのためだ。芳沢《よしざわ》あやめ曰く、「平生を女子にて暮らさねば、上手の女形とはいわれがたし」。まあ、スカートまではかないが、わたしはひとりのときでも、あぐらをかいたり、風呂で鼻歌を歌ったりしない。ええ、絶対に。

役者たちは、もう、ほとんど帰ってしまったらしい。廊下は大道具さんや衣装さんが、数人うろうろとしている。たぶん、明日の準備に手間取っているのだろう。

「あ、忘れてた」

由利ちゃんがはねるような声をあげた。

「なによ」

「小菊さんに面会の人が来てたのよ。帰ってないことはわかるけど、部屋にいないからさ。そう言ったら、一階のロビーの喫茶室で待ってるって。ほら、ここってロビーは終演後も利用できるらしいじゃない」

「ふうん。で、だれって」

「知らない」

「あんた、何年付き人やってんのよ。知らないって、変な人だったらどうするの」

「あたしは旦那の付き人であって、小菊さんの付き人じゃないわよ。そりゃ、旦那や若旦那だったら、取り次がないけど、小菊さんだもん」

この小娘、言いたいことを言う。

「わかりました。どうせ、あたしはしがない中二階ですよ」

「一応聞いたのよ。でも、教えてくれなかったの。くればわかるって」

いやにもったいぶった野郎だ。

「で、どんな人だった」

「若い男の人よ。ちなみにおっとこまえだったわよ。市川雷蔵《いちかわらいぞう》みたい」

「眠狂四郎《ねむりきょうしろう》?」

「ううん、新春狸御殿って感じ」

「ああ、間抜けな方ね」

「ねえ、心当たりはあるの?」

「なんとなく。いいわ。行ってみる」

頭取部屋に残っていた頭取に挨拶をし、わたしはエレベーターで、一階に下りた。受付の「お疲れさま」の声に応え、楽屋口から出て、改めて劇場正面に向かった。

ロビーでは、観劇の終わった客たちが、まだおしゃべりを続けていた。冷房も入っているし、喫茶店に入るより安上がりだろう。わたしは、まっすぐ喫茶室に入った。

捜す人は、奥の椅子で所在なげに筋書きをめくっていた。足もとには大きなボストンバッグが置いてある。

「ブンちゃん、久しぶり」

頭の上から声をかけると、びくん、として顔をあげた。

「小菊か。脅かすなよ」

「なに言ってんのさ。名前を言わずにあたしを脅かそうとしたのはそっちだろ。こっちはお見通しなんだよ」

わたしは彼の向かいに腰を下ろした。

「ははん、さては女の子が、ぼくの外見を話したんだろう。なんて言ってた」

「いかにもマザコンで助平そうな、にやけた男ってさ」

おや、どうやら、本当に傷ついたらしい。

彼、今泉文吾《いまいずみぶんご》とは、十年も前だろうか、大学で机を並べた仲だ。二人とも近世日本文学を専攻していた。まあ、わたしの方は、途中で学校を飛び出し、歌舞伎俳優の研修生になっちまったのだが、彼はまっとうに大学院まで進み、大学講師になった。大学仲間の中では、交流が続いていた方だが、ここ二、三年は年賀状をやりとりするくらいとなっている。

相変わらず、のほほんとした若旦那めいた表情で、縁なしの眼鏡の向こうから目だけで笑っている。当時、女子大生たちを悔しがらせた、色白ですべすべの皮膚も健在である。由利ちゃんは雷蔵に譬えたが、確かに似てなくもない。だが、眠狂四郎のニヒルな顔を思い出してもらったら、困る。彼の場合は、若き日の狸御殿もの雷蔵だ。

わたしは、テーブルの上の筋書きに目をやった。演目は鏡山旧錦絵《かがみやまこきょうのにしきえ》。

「見てたの」

「ああ、菊花さんの尾上《おのえ》は良かったねえ。風格と気品があって。もちろん、小菊の腰元も良かったけど」

「そう言われるようなことは、なにもしてないわよ。後ろで並んでいるだけなんだから」

自分なんか褒められなくてもいい。ただ、師匠を褒められると無性にうれしくなる。そりゃあ、こんな男に言われなくても、師匠の尾上が最高なのは、当然のことだが。

「最近、歌舞伎はよく見るの？」

「いや、とんとご無沙汰だ。今月、歌舞伎座をちょっと見たくらいかな。目が衰えて困る」

注文を聞きに来た男の子に、アイスミルクを注文し、わたしは前に向き直った。

「ねえ、お初《はつ》はどう思う？」

「お初ねえ」

お初を演じたのは、蓬莱屋の若手、中村市太郎《なかむらいちたろう》だ。二、三年前からテレビドラマなどに出演し、その現代的なマスクで、女性たちの人気を集め、最近は分不相応な大役がついている。今回の芝居の大入りも、彼目当ての若い女性が、一役買っているのだろう。

だが、正直な話、わたしはあまり、好きじゃない。確かに、小さいころから芝居をやっているらしく、演技の勘はすごくいい。観客にどうやったら受けるのか、心得ている。評論家にも訳知り顔に彼のうまさを褒める者がいるが、見当違いだ。

彼の演技は田舎芝居の演技だ。重みや品格がまったくない。目先の器用さでこなせるほど、歌舞伎は浅いものではない。

「そりゃあ、いくらいい役をさせようと、あたしたちには関係ないわよ。でもね、なんで、師匠の尾上にお初をやるのよ。あれじゃ、もったいなさすぎるわよ」

彼は、黙ってわたしの話を聞いていた。わたしが黙ると口を開く。

「偏見があるんじゃないかな」

「偏見ってなんの？」

「歌舞伎の家の者じゃないっていう」

冗談じゃない。彼はよっぽど、目が衰えたらしい。わたしはアイスミルクのグラスをがちゃがちゃと鳴らした。

「そんなのはないわよ。御曹司じゃなくても、いい役者ならいいわよ。下手でも素直で大きくて品格のある役者ならね。でもね」

「いや、そうじゃなくて、本人にさ」

本人に。わたしは驚いて彼を見た。

「役者は宝石みたいなものだ。持ち主が自信を持ってつけている石は、硝子玉でも、美しいだろう。いくら、本物の高価な宝石でも、持ち主が偽物じゃないか、と疑えば、偽物の輝きしか持たなくなる。見る人にかかわらずね。彼は、自信を持っていないように見えたよ。中村徳司《とくじ》や瀬川菊花の岩藤《いわふじ》や尾上に囲まれて、本物の宝石に交じった石ころのように。原石としては、かなり良質だよ。だが、御曹司でないという引け目が、偽物にしか見えなくするんだ」

わたしはため息をついた。確かにそうだ。彼の演技のこざかしさは、自信のなさから来ているのだ。せめて、うまくやり、客に受けようとして、またこざかしくなる。悪循環だ。

「あきれた」

「なにが」

「目が衰えた、とか言いながら、鋭いところをつくわね。確かに言われてみればそうだわ」

彼は、音を立ててアイスコーヒーを吸い上げた。わたしは我に返った。

「そういえば、ブンちゃん。なんで、大阪にいるのよ。引っ越したの？」

「いや、いるのは東京だけど。ちょっと事情があってね」

「事情ってなによ」

今泉はううん、と唸った。言いにくいらしい。わたしは話を変えた。

「今も、N大の講師やってんの？」

「いや、もうやめた。今は探偵をやっている」

わたしはすっとんきょうな声をあげた。

「探偵ってなによ。私立探偵？」

「うん、まあ、出来れば難解な事件を解決したいけどね」

彼は名刺を差しだした。「今泉文吾探偵事務所」なんて書いてある。

この人、暑さが頭に来たんじゃないだろうか。探偵だなんて突拍子もないことを言い出した。

わたしの気持ちを見透かしたように弁解する。

「いろいろ事情があってね」

「ふうん」

わたしはテーブルに肘をついて、指を組んだ。

「やあ、どんどん女らしくなってくるなあ」

「うるさいよう。さっきから事情、事情って言ってるけど、いったいなんの用なのさ」

急に話をそらすように、今泉は身を乗りだした。

「小菊は二カ月前も大阪だったんだって？」

ここ数年、関西で歌舞伎の公演が著しく増えている。たしかにうちの天城屋《あまぎや》の一門は、五月、道頓堀《どうとんぼり》の恵比須座《えびすざ》に出演していた。演目は、昼が太功記《たいこうき》十段目と黒塚《くろづか》に廓文章《くるわぶんしょう》、夜が、妹背山《いもせやま》の山の段と引窓《ひきまど》、キリが銀弥の娘道成寺《むすめどうじょうじ》だったと思う。

深見屋一門と小川半四郎、岩井《いわい》桔梗《ききょう》と岩井粂之丞《くめのじょう》の辰巳屋《たつみや》親子、それにうちが参加するという比較的、無人の一座で公演は行われた。

半四郎、銀弥の葉牡丹コンビを前面に打ち出すような演目だったが、うちの師匠や人間国宝、中村銀青、名老女形の岩井桔梗なども揃い、なかなか実のある舞台だった。

「ふうん、確かにおもしろそうだな。菊花さんはなにをやったの？」

「太功記の操《みさお》と、妹背山の定高《さだか》」

彼は背もたれに身体を預けて、考え込むようにしている。そのまま視線だけをあげた。

「殺人が、あったんだってね」

わたしは確信した。世間話のようにしているが、彼の目的はここにあったのだ。すべて、彼の緊張した目線に書いてある。今泉も探偵をなりわいとするのなら、もう少しポーカーフェイスを学ぶ必要がある。

殺人。

わたしもこの世界に足を踏み入れて、十年になろうとするが、劇場で殺人事件があったのは初めてだった。舞台や楽屋などではなく、客席だったのが救いだけれど。

事件は昼の部最初の、絵本太功記十段目「尼ケ崎《あまがさき》の段」で起こった。幕が下りて、外に出ようとした客が、一階客席最後列の花道の横に、女性が腹部に包丁を突き立てて、倒れていることに気づき、悲鳴をあげた。

劇場側は、パニック状態になった客をとにかく着席させ、上演を中止し、警察を呼んだ。

劇場の案内員が証言したところ、上演中、遅れて入ってきた人はいるものの、一階席から出てきた者はいない、とのことだった。

つまり、加害者は一階の客の中にいるということになる。だが、いくら調べても、客の中に被害者と関わりを持つ者、犯行を目撃した者はいなかった。

被害者の女性の身元はすぐに、知れた。もと祇園《ぎおん》の芸妓で、現在は北浜《きたはま》で料亭を経営している、河島栄《かわしまさかえ》。

「殺された女性が、葉月屋さんの婚約者だ、ということがわかった時点で、話は一挙にスキャンダル色を帯びたわね。女性週刊誌は、歌舞伎役者の乱れた女性関係とかいって、葉月屋さんの過去の女性関係をほじくりかえしたわ。まるで、彼が殺したような扱いをしてさ。まあ、そのせいで、後半から客数が激増したから、多少は感謝しなくちゃいけないかもしれないけど」

今泉は聞いていないような顔をして、じっと床を見つめている。

「まあ、あたしも新聞や週刊誌で読んだ以上の情報は知らないけどさ」

「楽屋で噂になっていることなんかないのか？」

「まったく無関係なら噂も出るでしょうけど、葉月屋さんの婚約者が殺されたんだからね。滅多なことは言えないわよう」

「もちろん、いちばん疑われたのは小川半四郎だろう」

「なに言ってんの」

わたしは身を乗りだした。女性週刊誌にもこの点をまったく押さえていない記事が多かった。

「葉月屋さんはね。そのとき舞台に立っていたの。十次郎《じゅうじろう》役でね。そりゃあ、出ずっぱりじゃないけれど、引っ込んでからも、鬘を替えたり衣装を替えたりで、客席に行く暇なんかなかったのよ」

「じゃあ、彼には殺せなかった、というわけだ」

「たとえアリバイがなくても、葉月屋さんは女を殺すような、陰にこもったタイプじゃないよ。舞台では色悪《いろあく》をよくするけど、本当に明るくて人懐っこくて、感じのいい人。そりゃあ、名うての遊び人だけど、恨みを残すような、いやな遊び方をする男じゃないよ。うちの師匠も、半四郎ちゃん、半四郎ちゃんって可愛がってるわよ。彼の勝頼《かつより》で、八重垣姫《やえがきひめ》がしたいんだってさ」

「なるほどね」

今泉は、顔を曲げて腕時計を見た。

「悪い、少し用事があるんだ。十五日まではここだろ。また連絡するよ」

「ちょっと待った」

わたしは、立ち上がりかけた今泉の腕を摑んだ。

「事件に興味があるなら、これから恵比須座に行ってみない。ひとりで行くより、あたしが行ったほうが、支配人もいろいろ教えてくれるわよ」

彼は目に見えて、青い顔になった。

「いや、でも、今日は少し用事が」

「用事なんか、後に延ばしなさいよ。久しぶりに逢ったんだから、放しゃあしないよ。それとも、あんたの用事にあたしがついて行こうか」

「いや、それは困る」

「なら、一緒に恵比須座に行こうよう。あたしだって事件に興味があるんだ。役者仲間とは話ができないし、あんたが私立探偵なら、その肩書きを使っていろいろ聞けるじゃない。ね、いいだろ。友だちの言うことは聞くもんだよっ」

周囲の視線がわたしたちに集まる。おねえことばの男に、腕を摑まれているのが、どういうふうに見えるか気づいたらしく、今泉は真っ赤になって腕をふりほどいた。

「やめろったら」

「一緒に行ってくれるならやめるわよ。どうなのっ」

「でも、時間がないだろ」

「今月は、週末以外は、昼一回公演なの。心配しなくても今日は大丈夫よ」

今泉は大げさにため息をつくと、伝票を持ってレジに向かった。


空は爆発したように明るい。

冷房のきいた屋内から、一歩踏み出すと、絞られるように汗が出てくる。わたしたちは、急いで地下街に逃げ込んだ。

恵比須座は、朝日座から歩いて十五分くらいのところにある。電車なら一駅といったところだが、沿線ではないので歩くしかない。

ただ、地下街が恵比須座の近くまで通っているので、わたしも彼もシャツを汗で濡らさずにすみそうだ。

「彼女に電話しなくていいの」

なに、と今泉が振り向く。

「ほら、彼女と約束があったんだろう。邪魔して悪かったねえ」

「男の顔で、女みたいな笑いを浮かべないでくれ」

今泉はむすうっとした顔でそっぽを向いた。

両側に飲食店の並んだ地下街を、ふらふらと歩く。途中、舞台化粧の専門店に寄り、鬢づけ油を買った。

今泉は恵比須座には行かなかった。

そのかわり、近くのビルの地下にある劇場事務所へまっすぐ下りて行った。

物置と間違えそうなほど、古いドアを開けて、彼は受付の女の子にこう言った。

「すみません。お約束していた今泉ですけど、支配人さんいらっしゃいますか」

わたしは彼の顔をにらみつけた。

「ブンちゃん。あんた、いつ約束なんかしたんだよう」

彼は聞こえないふりをしている。もともと、わたしに会った後は、こちらへ来る予定だったのだ。人が悪いったらありゃあしない。

応接室に呼ばれ、女の子がお茶を持ってきた。彼女はたまに、劇場の方にも来るので顔見知りだ。

「あら、小菊さん。どうしたんですか」

「給料をあげてもらうように、直談判に来たんだよう」

「なら、うちに言っても駄目ですよ。東京の本社に言わないと」

「あんた、冗談ぐらいわからないと、嫁のもらいてがないよ」

彼女はきゃらきゃらと、もつれるような笑い声をあげた。

「実はこの秋、結婚するんです」

わたしは、いつもの憎まれぐちも忘れ、素直におめでとうと言った。

出てきたのは、支配人ではなく、副支配人の三井《みつい》だった。いかにも大阪の商人めいた、人懐っこいが腹黒そうな容貌で、にこにこと顔を出す。

「おや、なぜ、小菊さんもご一緒なんですか」

「朝日座の楽屋が狭いから、ここで支度するんですよ」

今泉が身体を曲げて、わたしの顔をのぞきこんだ。

「おまえ、そんな生き方してたら、いつか、ややこしいことになるぞ」

大きなお世話だ。

「すみません。昨日お電話した今泉です」

「ああ、東京の本社からお話は聞いていますよ。五月の事件について、お聞きになりたいんですね」

わたしは釣り針を呑み込んだ魚のような気分になって、今泉を見た。どうやら、関係者の内、誰かが、彼に捜査を依頼したらしい。いったい誰だろう。

「まだ、犯人は見つからないんですか」

三井は、いかにも悩んでいます、といった表情で、眉間にしわを寄せる。

「私どもでも、早く解決してほしいと願っているんですが」

現場の状況を説明してほしいという、今泉の要望で、三井は恵比須座の見取り図をテーブルに広げた。

「一階席は、いろは、から始まって、そつね、まで、二十列あります。横は二十八列ですが、仮花道を作りましたので、二列減って、二十六列ですね」

「上演中に、誰も外へ出た者がない、というのは本当ですか」

「確かです。出入口は最後列に四つ、また最前列の両端に一つずつありますが、どの扉の側にも、係員が座っています。これは、出ていくお客様を見張るのではなく、途中で入場されるお客様に、席を案内するためなんですが、どの係員も、自分の受け持ちの扉から出ていく人はいなかった、と言っています。昼の部の最初の狂言でしたので、トイレに行った者もいませんでした」

「満席だったんですか」

その質問にはわたしが答えた。

「残念ながら、事件が起きるまでは、入りが悪かったわ。通りを挟んだ向こう側の、難波《なんば》演舞場で蓬萊屋さんが出し物をしてたせいもあって、平日だったし、ががらだったんじゃないかしら」

「そうです。その日も調べたところ、よ列、つまり十五列目ですね、までしか売れていませんでした。また、を列から後ろは、飛び飛びにしか埋まっていません。席については、当日券売り場の社員が、おもしろいことを覚えていました」

「どんなことですか」

「河島さんは、殺された女性ですが、開演前に当日券をお求めになって、入場されたようです。それを買うときに、一階席のいちばん後ろの、花道の脇をくれ、と言われたそうです。もっと前が空いていますよ、と言っても、その席で見たいのだ、とおっしゃったそうですが」

「実際、その席に座ったんですか」

「そうみたいですね。その席に彼女の荷物と羽織がありました」

わたしは、口を出した。

「殺された女性は、和服姿だったのですか」

三井はうなずいた。眼差しが、遠くを見るようになる。

「忘れもしませんよ。悲鳴を聞いて、駆けつけて倒れているところを見ました。薄墨色に雪持ち笹とふくら雀を描いた着物に、若草色の源氏香の染め帯。裾がわっと広がって、鈍い橙色の八掛《はっかけ》と白いすねが見えました。ゆるく結った髪が乱れて、唇の端に血が滲んでいて、左手が包丁の柄を握りしめていました。不謹慎かもしれないが、新派の芝居の一場面のようでしたよ」

そう言ってから、照れたように笑った。この中年男、意外にロマンチストらしい。彼は脂ぎった鼻の頭を、ハンカチで拭いた。

「つまり、一階席にいた客の中に、加害者がいる、ということですね」

「警察もそう考えたらしいです。一階席にいたお客様全員の、連絡先をすべて聞きだし、しらみつぶしに調べたようですが、河島さんに直接関係のある人は、いなかったようです」

「その、リストなどは手に入りますか？」

三井は湯呑みの茶を、口の中にこぼすようにして飲んだ。

「警察が持っていまして、難しいかもしれません。でも会社や後援会に直接申し込んで買われた人、各チケットセンターに、予約した人などの名前や連絡先は、こちらでも調べることができます。さっそく数日中に調べましょう」

「お願いします」

「そうそう、それなんですが、たったひとりだけ、嘘の名前と連絡先を書いた人がいたらしいですよ。若い女性らしい。警察は、その女性を重要参考人として、捜しているようです」

「でも」

わたしはまた、話に割り込んだ。

「例えば会社をさぼって来た女性とか、親に内緒で通っている女の子もいるでしょう。それで名前を隠したかったのかもしれませんよ」

「それにしても、他に容疑者らしき人がいない以上、その女性に疑いがかかるのは、やむを得ません」

もっともな話だ。いくら名前を隠したい理由があったとしても、殺人容疑よりはましだと思う。今泉は広げたメモ帳に、速記のような字でメモを取っている。速記のような字で、速記ではないところがみそだ。字が下手なところは、学生時代から変わっていない。

のぞき込んでにたーっと笑ってみせると、不機嫌な顔になって、ノートを閉じた。

「お客の証言で、覚えてらっしゃることとかありませんか」

三井は額に手を当てて、しばらく考え込んでいる。歌舞伎で、立役がこんなかたちをして、膝に女形が寄り添っているのは、実は濡れ場を暗示しているのである。まあ、関係はないが。

「すみません。直接立ち会ったわけではないので、よく覚えていません。ですが、特に意味のある証言は取れなかったようです」

「特に、列の後ろの方にいた人で、途中で席を立って、後ろに歩いてきた人を見たとか」

「ああ」

三井はぽん、と膝を打った。

「警察もその点は、しつこく聞いていたようです。実は、わ列の真ん中あたりに、うちで、去年、夏のバイトをしてくれていた女の子がいましてね。たぶん、なにも見ていなかったように思いますが、なんなら、直接話をしてみられますか？」

「わ列というと、十三列目ですね。願ってもないことだ。お願いします」

「おおい、林《はやし》ちゃん」

三井は、隣の事務所に向かって声を張り上げた。

「バイトの女の子の履歴書、全部置いてあっただろう。ちょっと貸して」

しばらくして、やせた青白い事務員が、ファイルを手に入ってきた。三井は手早くそれをめくる。

「ああ、これ、これ、これだ」

一枚の履歴書を引っ張り出す。向きを変えてから、わたしたちに差しだした。

墨田《すみた》小夜子《さよこ》。学生らしい。証明写真なのに結構ましに写っているということは、本人はかなり可愛いのだろう。髪を後ろで束ね、お団子にしている。目も鼻も口も小さく、ちゅん、とまとまっている。

今泉は三井に言って、履歴書を複写してもらった。

「ここで聞いた、と言っていいでしょうか」

「どうぞ、どうぞ。学生さんのひとり暮らしですから、つかまえにくいかもしれませんが」

今泉はもう、用がすんだらしい。もらった紙やノートをボストンバッグの中にしまっている。

「お仕事中すみませんでした。また、お尋ねするかもしれませんが、今日はこれで失礼します」

「それじゃあ、リストは数日中に作っておきますので、またお寄りください」

「お願いします」

立ち上がった姿勢のまま、今泉はしばらく固まった。ゆっくり視線を、わたしに向け、三井に向ける。

「すみません、三井さん、もうひとつ。彼女が発見されたとき、死体はまだ、温かかったですか」

「触ってみたわけではありませんが、警察が来たとき、死後三十分はたっていないと」

「わかりました。どうもありがとうございます」

彼はなにか思いついたようだった。

恵比須座の隣には、小粋な店構えのうどん屋「はまや」がある。わたしと彼は、そこで、夕食をとることにした。

騒がしい街の中で、そこだけ時間が止まったような格子戸をするすると開け、中に入る。お姐さんは、三階が空いてる、と教えてくれた。

エレベーターで三階に上がりながら、今泉は不満そうな声をあげた。

「いい感じの店だと思ったのに、エレベーターとは興醒めだな」

「仕方ないわよう。このあたりは一等地なんだから。でも、店の雰囲気と味は保証するわよ」

三階の様子を見て、彼も納得したようだ。各テーブルに花が活けてあり、音楽もかかっていない。わたしたちは、季節のまぜごはんのセットを頼んだ。

わたしは、さっきから思っていたことを聞いた。

「ねえ、ブンちゃん。あんた、いったい誰に頼まれて調べてるのさ」

煮付けた南瓜を崩して口に運びながら、彼は、ん、という顔をした。眼鏡がずり落ちて鼻に掛かっている。

「企業秘密だ」

「言わなくてもわかるわよ。葉月屋さんでしょう。婚約者を亡くしてかわいそうなぐらい落ち込んでたもの。早く犯人を見つけてほしいわよね」

彼は口の中の物を呑み込んだ。

「そんなに落ち込んでいたのか」

「そうよ。あんなに明るかった人が、目に見えて無口になってしまって。お葬式にも行けなかったし」

「どうして」

「舞台があるじゃない。役者は親の死よりも舞台が大事なの。婚約者が死んでも休めないんだよう」

彼は箸で、山椒を効かせた佃煮をつついた。

「そうか。そんなに落ち込んでいたのか。でも、ぼくに捜査を依頼したのは小川半四郎じゃないよ」

「じゃあ、だれよ」

「それは言えない」

「うそ、葉月屋さんなんだよ。そうだって言えないもんだから、嘘をつくんだ」

彼はじろりとわたしを睨んだ。

「そう思いたかったら、思えよ」

わたしたちは、しばらく黙って食事をした。

先に食べ終わった彼が、口を開いた。

「絵本太功記の配役はどうだったんだ」

思い出す。二カ月前のことだから、それほど難しくはない。

「光秀《みつひで》が中村銀之助さん。加藤正清《かとうまさきよ》が岩井粂之丞さん。十次郎《じゅうじろう》が小川半四郎さん。操がうちの師匠で、久吉《ひさよし》がうちの若旦那の菊之丞《きくのじょう》さん。皐月《さつき》が岩井桔梗さん、そんなところかな」

「初菊《はつぎく》は」

「ああ、忘れてた。中村銀弥さんよ」

今泉の眉が一瞬だけ、ぴくん、と動いた。

「小菊の出番はなかったのか」

「五月は、道成寺の聞いたか坊主だけだったのよっ」

「あ、ごめん」

今泉はなんだか、深く考え込んでしまった。

絵本太功記、十段目、尼ヶ崎の段、通称、太十。人形浄瑠璃でも代表的な演目だ。特に歌舞伎では、老女形、若女形、若衆など、登場人物が多彩で、しかもそれぞれの見せ場があるため、比較的よくかかる出し物である。

物語はそれほどややこしくない。武智《たけち》光秀（明智《あけち》光秀のことである）という武士が、主君を討って天下を手にいれた。母の皐月や妻の操も、光秀の道に外れた行いを恥じていた。真柴《ましば》久吉（これは、羽柴《はしば》、つまり豊臣秀吉《とよとみひでよし》のことだ）は旅僧に化けて、皐月や操のいる家に潜入している。ここから舞台が始まる。

光秀の息子、十次郎は許婚者の初菊と式だけをあげて、戦場に出陣する。父のため十次郎が討ち死にする覚悟であることを知っている三人の女、祖母、母、妻は彼が去った後、号泣する。

そこへ帰ってきたのが光秀。彼は久吉がわが家に潜んでいることを知り、竹槍で突き殺そうとする。久吉が風呂に入っているところを狙い、刺し殺したつもりが、中にいたのは実は母の皐月だった。彼女は、光秀を諌めるため、わざと身代わりになったのだ。だが、光秀は自分の意志を変えようとしない。そこへ、負傷し、息も絶え絶えの十次郎が帰ってくる。自分の手傷にかかわらず、父に追手が迫っていることを教えに戻ってきたのだ。十次郎は戦場の様子を説明し、父に逃げるように諭してから、祖母と一緒に息を引き取る。

そこへ、久吉が旅僧の変装を脱ぎ捨てて、家臣の加藤正清と現れる。久吉と光秀は山崎《やまざき》での決戦を約束して、別れるのだった。

わたしは二カ月前の舞台を思いだした。師匠の操は情味と風格があって、光秀は堂々と大きく、皐月は気高く、いい舞台だった。

葉牡丹コンビの十次郎と初菊も良かった。よく夫婦役をしているだけあって、互いを思う情愛がしっとりと出ていた。

忘れられないのは、十次郎が出陣する場面。十次郎の目の前に立って止めようとする初菊を押し退け、彼は、花道へと走っていく。戸口に袖を巻き付けて、出陣する恋人を、悲しげに見送る初菊の姿が、目に焼き付いて離れない。

——思い切ったる鎧の袖、行方《ゆきかた》知れずなりにけり——

今泉が顔をあげた。眼鏡を押し上げて、わたしを見る。

「上演時間は一時間半くらいかな」

「確か、残る蕾《つぼみ》からだから、一時間十五分ってとこね」

「操と初菊、皐月の役者は、そのあいだほとんど出ずっぱりなわけだ」

「そうね、光秀は三十分たったあたりから、最後まで引っ込まないし。十次郎は最初の二十分と、後の二十五分くらいね。久吉と正清は、どちらも、それほど出番は多くないわ」

言ってから、彼を睨みつけた。

「もしかして、役者を疑っているわけ」

今泉はあわてて、顔の前で手をふった。

「いや、そうじゃないけど。何か手がかりになることがあれば、と思ってさ」

「そうよね。舞台で立っている人間に、殺人が犯せるわけがないもんね」

今泉はお姐さんに、灰皿を持ってきてもらい、煙草に火をつけた。二十前からの、チェーンスモーカーぶりは、変わっていないようだ。

「殺された河島栄だけど、小菊は面識があったのか？」

「少しね。彼女がやっている料亭、笹雪《ささのゆき》は、よく役者が利用するから。あたしも師匠のつきそいで何度か行ったことがあるし」

「半四郎より、年上だったんだろう」

「そうそう、確か三つ上じゃないかな。でも、色男には姉さん女房が似合うのよ」

「とすると、三十五、六か。写真を見たがそんなふうに、見えないなあ」

確かに。彼女は一般的な美人というのではなかった。どちらかというとのっぺりとした顔で、背が低く、日本的な体型をしていた。ただ、肌が透き通るように綺麗で、切れ長の目に、ぞくっとするような色香があった。芸妓あがりだから、芸事もそつなくこなす。お座敷で、どどいつや小唄を聞かせるとき、灯を蠟燭だけにして、客ひとりひとりに流し目を送る様子には、男が放っておかない婀娜《あだ》な魅力があった。

「そんな色っぽい女性なら、男出入りも激しかっただろうな」

「そうね。中村世之助《よのすけ》さんなんかも、彼女と関係があった、という話だし」

「じゃあ、彼に動機があるんじゃないか。自分を裏切って、半四郎と結婚しようとする彼女を恨んで」

「でもさ。世之助さんは二年前、上総屋《かずさや》さんとこのお嬢さんと結婚してるんだよ。そのときにすっかり、切れてるはずさ。それに五月は東京の歌舞伎座に出演していたんじゃない」

「それじゃ無理か」

「たぶんね」

今泉は深く頰杖をついて、窓の外を見た。

「半四郎のほうも、女優やら、舞妓なんかと噂があったんだろう。名うての美女と色男との恋愛か。痴情がらみの犯罪が起こるわけだ」

わたしは低く唸った。

「どうした、なんか不満なことがあるのか？」

「幸せそうだったのよ」

「え」

「あの二人、幸せそうだったのっ。お互い遊んで、酸《す》いも甘いも噛みわけた仲っていうより、まるで中学生の恋愛みたいにいちゃついてさ。陰でみんな言ってたのさ。これで二人とも年貢の納めどきだねって。あたしだって、少しは人を見る目に自信があるけど、絶対にあの二人、知り合ってからお互いのことしか考えてないと思う。痴情がらみなんて考えられないわよ」

今度は今泉が唸る番だ。

「一応、参考意見として聞いておくよ。なんにせよ、先入観を持つべきじゃないから」

わたしたちはもう一杯お茶をもらうと立ち上がった。

「今日はいろいろ教えてくれてありがとう。また、なにか教えてくれ」

「ちょっと待った」

また、腕を掴むと、今泉は情けなさそうな声を出した。

「今度はなんだよ」

「今日はもう、どこにも行かないの？」

「今日はもう、ホテルに帰るんだよ」

「明日は」

「明日は、被害者の料亭へ行こうかと」

「あたしも行く」

今泉は頭を抱えた。

「あのなあ、小菊。ぼくは遊びでやってるんじゃないんだぞ」

「あたしも遊びなんかじゃないよ。今回は出番が前半だけだから、二時くらいから時間が空くもの。ねえ、連れてってよ」

「だめだ」

「どうしてさ」

「こっちにも事情があるんだよ。察してくれよ」

「やだ」

今泉は下唇をつきだしてうめいた。わたしは彼の腕を引いた。

「じゃあ、ただでとは言わない。取り引きしようよ」

「なんだよ」

わたしはにやりと笑った。彼がこれに乗るしかないのは確かだ。

「ブンちゃん。あんたどこのホテル泊まってるのさ」

「難波シティホテルだけど、これからチェックインするんだ」

「一泊いくら」

「七千円、かな」

「ふうん、七千円ねえ。五日間泊まると三万五千円か。大きいわよね」

「できるだけ早く片づけるさ」

「急いで、大事なことを見逃したりして」

「いったい、何が言いたいんだ」

焦れて不機嫌になる。わたしは、ここぞとばかり言った。

「あたしたちは会社のお金で泊まってるんだけどさ。実は、今回、うちの兄弟子が急に身体こわして来られなくなってしまってねえ。あたし、ツインの部屋にひとりなんだ」

今泉の目が見開かれる。取り引き内容がわかったらしい。

「どうだい、泊めてあげるよ。楽日まであと五日だから、三万五千円浮くことになる。あたしだって、なにもあんたの仕事を邪魔するつもりなんかないさ。ただ、関係者にはあたしのほうが顔がきくんだ。ブンちゃんにも悪い取り引きじゃないと思うけどなあ」

考えてる。考えてる。わたしは腹の中でくすくす笑いながら、彼の表情を見ていた。

決めかねているらしいので、耳もとで言ってあげた。

「さんまんごせんえん」

「うう。わかった。わかったよ。ただ、役者仲間には喋るんじゃないぞ」

「なんで」

「なんでも、それがだめなら連れて行かないぞ」

「喋らないわよう」

わたしはにこやかに言って、彼の鞄を奪った。

「さ、ホテルへ行きましょう」

隣の席に座っていたカップルが、ものすごい顔をして、振り向いた。

第二章

上演中の楽屋は、煮えたぎった油をひっくりかえしたような騒ぎだ。

大きな劇場なら、出番に関係のない人の部屋には、ゆったりとした時間が流れているが、朝日座のようにこぢんまりとした小屋は、そうはいかない。

前半の腰元の出番を終え、師匠の最後の着替えを手伝うと、もう用事はない。わたしは、楽屋で足を投げ出していた。

出の慌ただしい人が脱ぎ捨てた衣装や、小道具が部屋中に、散らばっている。隣の立役の部屋では、これから出番を控えた人が着替えているらしく、ざわついた緊張感がこちらまで、伝わる。

今ごろ、今泉は墨田さんという学生さんに会っているころだろう。

ゆうべ、ホテルに帰ってから、今泉は三井さんに聞いた番号に電話をかけていた。運よく一回でつかまったらしい。今日の午後一時、難波で待ち合わせをすることになったようだ。

同行できないわたしはむくれたが、夕方から料亭「笹雪」に一緒に行くことで、折り合いがついた。

わたしは、邪魔な衣装を、足でちょんちょんと動かした。

「見たわよ」

入口から、由利ちゃんが覗いている。

「小菊さん、あたしにはいろいろ言う癖に、陰ではお行儀悪いんだから」

まずい子に、まずいところを見られた。さっそく師匠にご注進だろう。わたしは、にこやかに笑ってみせた。

「あたしゃ、あんたが行き遅れないように、気をつけてやってるんだよ。親から離れて暮らしてたら、行儀作法がおろそかになるだろう」

由利ちゃんは、ぷん、と口をふくらませた。

「いいわよ。行き遅れたら、小菊さんにもらってもらうから」

冗談にしてはなかなか過激だ。

「一生、あたしにいびられたいのかい」

「うわァい」

彼女は身をすくめた。

「そうそう、小菊さん。昨日の人が面会に来てるわよ。楽屋に通ってもらう?」

「あんた、肝心な用件を後に言う癖を直した方がよくないかい」

言いながら、わたしは楽屋を見回した。今の奥庭の場が終わると、幕切れだ。あとは蓬萊屋さんとこの所作事だけ。どちらにせよ、楽屋はかなり落ちつくだろう。

「いいだろう。上がってもらって」

数分後、今泉は楽屋に上がってきた。それも可愛い女の子を連れて。一目で、墨田さんという子だとわかった。

「どうしたのさ。いったい」

「実は話を聞いてるうちに、彼女が小菊のファンだってわかってね。ぜひ、会いたいって言うからさ」

彼女は少しはにかんだように笑った。

色白で顔が小さい。昨日見た写真では、髪をまとめていたように思うが、今、目の前にいる墨田さんは、ひどく短く髪を切っていた。

「墨田小夜子です」

その髪型は、なんて言うんだったか。サガン・カットでもなし、セバーグ・カットでもなし、ああ。

「セシル・カットだ」

いきなり言うと、目をまん丸にした。

「いや、写真では髪が長かったように思ったからさ」

彼女は、高い声で笑った。

「最近切ったんです。夏には快適ですよ」

そりゃあそうだ。彼女は細い身体をより縮めるようにして、狭い空間に収まった。

「去年の勉強会の、玉三の桂姫《かつらひめ》、良かったです」

今度はわたしが驚く番だ。

「見てたの？」

「ええ、東京まで見に行ったんです。一昨年の伊勢音頭《いせおんど》のお岸《きし》も」

ファンだなんて、ただのお世辞だと思ったら、どうやら本当らしい。

「あら、やだ。あんなものまで見てたの。恥ずかしい」

「でも、すごく可愛かったです。桂姫なんかお雛様みたいで」

「今年はね、帯屋《おびや》のお半《はん》をさせてもらうことになってね」

「来月ですよね。もう切符買いました。楽しみにしています」

そりゃあ、わたしだって、ひいきのひとりやふたり、いないわけじゃない。ただ、ほとんどは師匠のごひいきさんが、わたしにも目をかけてくださっているという程度だ。面と向かって知らない女の子に、ファンですなんて言われることは滅多にない。

楽屋に何人か、役者が戻ってきた。着替えの邪魔になってはまずいので、廊下で話をすることにする。

「結局どうだったの。あの日のことは」

小夜子ちゃんと今泉は顔を見合わせた。彼女が口を開く。

「あの日、警察からも何度も聞かれました。それに、わたし、神経質なたちだから、上演中に動かれるのって、すごく気に障るんです。だから、間違いありません。あの日、太十の上演中に、席を立って後ろに向かって歩いてきた人なんていません。前半の途中で入ってきた人なら、

「前半は関係ないな。死亡推定時刻は、芝居の最後の方だから」

と、いうことは、栄さんを殺せたのは、彼女より後ろの人に限られることになる。

「でも、わたしより後ろの人も、みんなそう言ってましたよ」

今泉が腕を組んで唸った。

「だれかが嘘をついているんだ。そして、それは一番後ろに座っていた人だろうな」

「自分の後ろで殺人があったなんて、思い出してもぞっとします」

今泉は小夜子ちゃんの顔をのぞき込んだ。

「他に気がついたこととかはない?」

「気がついたこと、と言えるかどうか」

彼女はおずおずと話しはじめた。

人通りが多くなってきた、わたしたちは廊下の壁に張りつくようにして、話を聞いた。

「わたし、後ろの方だったから、劇場の人が来る前に、もろに死体を見ちゃったんです。こんなこと言っていいのかわからないけど、すごくきれいだった」

「そう証言する人は多いよ」

「なぜ、きれいだったと思います?」

急な質問に戸惑う。

「なぜって、そりゃあ、美人だったからじゃないの」

「それもあります。でも、あの亡くなった女の人、手描きのものすごくいい訪問着着て、髪もきちんと結って、濃く化粧してたんです。少し観劇には不釣り合いなくらい。料亭の女将さんだから、いつもそんなふうかもしれないけど、ふつう、粋筋の人って、観劇のときはもっと砕けた格好してますよね」

わたしはうなずいた。

「もしかして、あれからパーティとかに行く予定があったのかなって。後から気がついたんです。だから警察には言ってませんけど」

今泉は、感に堪えないといった様子で首を振った。

「さすが女の子だなあ。男だと絶対気がつかないよ」

「それと」

彼女は少し迷ってから言った。

「わたしの見間違いかもしれないけど、彼女、泣いてたんじゃないかな」

泣いてた。どうして。

「わかりません。でも、頬に一筋、涙が流れていたような気がするんです」

「なにかつらいことがあったのかな」

「刺されたことがつらかったんじゃない。腹を刺されたなら、即死じゃないでしょう。死にゆく自分の哀れさに涙が出たとか」

「刺されてから死ぬまで、間があったなら、なぜ助けを呼ばないんだ」

「そうですよ。もしかしたら助かったかもしれないのに」

わたしは深く考え込んでしまった。

「ごめんなさい。気づいたのはこれくらいです」

今泉は大げさにおじぎをした。

「いや、呼び出して悪かったね。ずいぶん参考になったよ」

「いいんです。わたしも小菊さんに会わせてもらったし」

「それにしても、もの好きだねえ。わたしなんか、いつも背景みたいな役しかしてないじゃないか。もっと、応援しがいのある役者のひいきになればいいのに」

わたしは廊下の壁にもたれて、小夜子ちゃんの顔を見た。

「ええ、でも、小菊さんを好きでいるといいことが多いんです」

今泉がおもしろがってるような口調で言う。

「例えばどんな」

「あんまりおもしろくなさそうな演目とか、気乗りしない演目とか、あるでしょう。そんなときにも、あ、小菊さんが出てる、と思うと、わたしにとって、楽しみな演目に変わるんです」

「じゃあ、なにかい。あたしゃ、味の素みたいなもんかい」

彼女は弾けるように笑った。

「怒らないでくださいね。わたし、三階さんとか好きなんです。陰で一生懸命がんばってるでしょう。だから、勉強会は毎年東京にまで、見に行ってます。それで、またどんどん好きな役者さんが増えていって、楽しみな演目が増えていって。いつも、みなさん役者さんたちに、感謝してます。好きにならせてくれて、ありがとうって」

わたしは確信した。彼女はこれから、悲しい恋をすることはあっても、惨めな恋をすることなんかないだろう。そして、それはとても大切なことなのだ。

わたしたちの横を、岩藤の扮装のまま、蓬萊屋の旦那が通っていった。

「お疲れさまです」

声をかけるとにこりと笑って会釈する。

彼が行き過ぎた後、小夜子ちゃんは目を輝かせた。

「わあ、中村徳司さんだ、すごおい。近くで見ちゃった」

「ファンになった？」

「前からファンです」


駅で小夜子ちゃんと別れ、わたしと今泉は地下鉄に乗った。暗い穴ぐらのようなプラットホームに電車がすべりこむ。

「だんだん絞られてくるな」

今泉は声を落とすようにつぶやいた。

「あたしにはさっぱりわからないけど」

「小夜子ちゃんの証言は貴重だよ。犯人が、後ろの席に座っていた人間に、限定されたことでもね」

「それにしても、誰にも見られずに席を立つことなんか可能なの？」

「わからないが、後方はすいていたんだろう。なら、そこより前の切符を持っていても、一番後ろに座ることも出来るじゃないか」

「でも、それじゃあ、調べようがないねえ。後ろに座っていても、前にいたって言えばいいんだから」

「いや、混んでいる前の座席にいたのなら、嘘の証言をしても、まわりが覚えているはずだ。隣に人がいなかったら、すぐわかるだろう。だから、犯人はかなり後ろに座ってたと見て間違いはない」


駅に着く。わたしたちは、吐き出されるようにホームに出た。


「小菊、笹雪の場所は知ってるんだろ」

「知ってるわよう」


大阪でも古いオフィス街、北浜。昭和初期のレトロなビルが並んでいて、散歩をするにはおもしろい場所だ。

「上海《シャンハイ》に似てるな」

「そうお」

「上海を、五回くらい水洗いして、漂白剤につけて、ドライクリーニングに出し、強烈な紫外線で殺菌したみたいだ」

今泉はたまに、よくわからないたとえを言う。

「じゃあ、難波の戎橋《えびすばし》あたりは香港《ホンコン》でしょう」

「おっ。じゃあ、天王寺《てんのうじ》、阿倍野《あべの》界隈は北京《ペキン》かな」

「梅田《うめだ》は台湾」

「鶴橋《つるはし》はもちろんソウルだな」

「京橋《きようばし》あたりもそんな感じね」

大阪、東アジア説を展開しているうちに、笹雪に着いたようだ。ビルの谷間に押し込まれるように、数寄屋造りの日本家屋が建っている。

「笹雪」と墨で書かれた看板がかかっている以外の目印はない。そのそっけなく、よそよそしいたたずまいは、瀟洒な人家のようだ。

「一見《いちげん》さんお断りってやつだな」

今泉はがらがらと引き戸を開けた。飛び石を水で清めていた、和服姿の女の子が振り向いた。

「すみません。うちは五時からなんです」

「いや、そうじゃなくて、仲居頭の宮住《みやずみ》さんと約束をしている、今泉という者ですが」

彼女は硬い表情で、柄杓と桶を地面に置いた。

「ああ、お聞きしてます。どうぞ、こちらへ」

止め石をした方へと案内される。庭を渡って、奥の方に進んだ。表の間口から想像できないほど、奥は広い。

連れて行かれたのは、料亭とは思えないような、洋風の応接室だった。業務上の応対などは、ここで行われるらしい。あせた小豆色のソファに今泉とわたしは、並んで腰を下ろした。

先ほどの女の子が冷たい麦茶を持ってくる。甘く苦みのある液体を口に含むと、全身から汗がひくようだ。

「さすが料亭はお茶からして違うな」

今泉もコップをかかげて、やたら感心している。

数分後。海老茶色の籠目模様の絽小紋を着た、恰幅のいい女性が部屋に入ってきた。

「おまたせしてすみません。宮住です」

四十過ぎの大年増。柔らかい物腰と、つやのいい皮膚は、長年、客商売で鳴らしてきた女性特有のものだ。今泉も立ち上がって挨拶をする。

「女将さんが亡くなってたいへんですね」

彼女はきちんと結った髪に、手をやりながらソファに座った。

「ええ、しばらくはわたしが全部まかされてますので、気の休まる暇もありません」

「この店、これからどうなるんですか」

「女将さんの妹さんが、山科《やましな》にいらっしゃるんです。彼女のものになったんですけど、妹さんはふつうの奥さんやし、たぶん売りに出すことになるんやないでしょうか」

彼女は品のいい関西弁で言って、淋しげに手入れされた庭を見た。

「失礼ですが、宮住さんはここにどのくらいお勤めですか」

「七年前、女将さんがここを始める折、京都の末吉《すえよし》町の料亭から引き抜かれて参りました」

「じゃあ、栄さんが、芸妓さんをされてるときからの」

「ええ、知り合いです」

今泉はソファに浅く腰掛けて、身を乗りだした。

「実は、栄さんの亡くなられた日のことを、お聞きしたいのですが」

彼女は、思い出すのが苦痛のように、眉をひそめて考え込んだ。

「警察にも何度もお話ししました。ここ、昼は十二時から二時まで、夜は五時から十二時までやってるんです。ふつうは仕込みなどがありますから、板前さんらは十時くらい、それ以外の者は十一時には全員揃います。あの日、十一時前に女将さんから電話があって、用事があって遅れる。一時過ぎには行くからってそうおっしゃいました」

一時頃。わたしは引っかかるものを感じ、今泉の顔を見た。彼は気づいていないようだ。

「恵比須座に行ってはったやなんて、後で聞いてびっくりしました」

「ふだんはそんなことはなかったんですか」

「ええ、お休みの日や仕事の合間に、劇場に行かれることは多かったですけど、こんなことは初めてでした」

「その日、女将さんは、お出かけの予定かなにか、ありましたでしょうか」

「いいえェ」

宮住さんは驚いたように首を振った。

「あの日は夕方から予約もぎょうさん入ってましたし、そんなことは聞いていません」

わたしと今泉は顔を見合わせた。じゃあ、小夜子ちゃんの証言はいったい。

「宮住さんは遺体の確認をされたんですよね。あのとき、栄さんが着てた和服を覚えてらっしゃいますか」

「ええ、女将さんが特別に、清方の絵を真似て染めさせた着物ですもの。忘れません」

薄墨色に雪持ち笹とふくら雀の模様。鈍い橙色の八掛。襦袢はたぶん、燃えるような緋縮緬だろう。新派の絵のようだ、とみんなが証言する美しい死体。

雪持ち笹とふくら雀？　わたしは、はっと背を正した。

「あの着物は、彼女がいつも観劇に着るようなものでしたか」

「あら」

宮住さんは、ふくよかな手を口に当てた。

「そう言われればそうやわ。女将さん、ふだんは柔らかものなんか、ほとんど着いへんかったのに。ええ、そうです。あれは、特別なときの着物です。女将さんがいちばん気に入っていて、大事にしてはったお召しものです。ふつう、お芝居だったら、結城や大島を、お召しになってました」

今泉は満足そうにうなずいた。やはり、なにかがあるのだ。それがなにかは、まだ解らないけれど。

今泉は言いにくそうに、指をぽきぽきと鳴らした。

「不躾な質問になりますが、女将さんに恨みを持っているような人は、いませんか」

「思いつきません」

彼女は拒絶するように、きっぱりと言った。

「宮住さん、わたしは女将さんを殺害した犯人を捜しているんです。ご協力をお願いします」

「本当に思いつきません」

さっきまで柔らかかった彼女の表情は、なにかを守るかのように、毅然としたものに変わっていた。

「栄さんは、男性関係の華やかな方だと聞きました」

彼女はふうっと息をついた。汗をかいたコップの表面を指でなぞる。

「ええ、以前は確かに。でも、半四郎さんと婚約されるまでに、すべて清算されたはずです」

「でも、色恋沙汰なんて、銀行の借金のようには、さっぱりとはいかないでしょう」

「そりゃあ、そうでしょう。でも、女将さんはさばさばした方だったし、今までの恋人とも、お金の援助を受けたりせずに、対等につきあってらっしゃいました。中には未練のある人もいたかもしれません。でも、それで女将さんが恨まれるようなことは、絶対にあるわけがございません」

今泉はしばらく黙っていた。鋭い視線を彼女に投げる。

「宮住さん。貴方はさっき、ここは七年前から女将さんがやっている、と言いましたね」

「ええ」

「七年前、といったら栄さんは、まだ三十前。芸妓さんならば衣装にもお金がかかる。自力で、このような店が持てるとは思えないのですが」

鋭い指摘だった。芸妓をやめて店を出す。その裏には、ほとんどの場合、金持ちの旦那がいるはずだ。

だが、彼女は動じなかった。ああ、と思い出したような顔をした。

「確かに女将さんには旦那がいらっしゃいました」

「ご結婚されてたんですか」

「いえ、そうじゃなくて」

「ああ、パトロンのことですね」

彼女は軽くうなずいた。

「その人とはどうなったんですか」

「亡くなりました」

「え」

「女将さんの旦那。癌で亡くなったんです。この料亭を始めて、三年目のことでした。それから、女将さんには旦那と呼ばれるような人はいません」

物事は、あまりにもうまくいかない。

わたしたちは礼を言って、笹雪を辞した。

「ブンちゃん。収穫なしだねえ」

「そんなことはない。少し引っかかっていることがあるんだ」

「あ、あたしも。気になることがあってねえ」

「なんだよ」

「栄さんが、ここに電話かけて、一時過ぎには出勤するって言っただろ。あれだよ」

今泉は口をへの字に曲げた。

「それがどうかしたのか」

「どうかしたのじゃないよう」

わたしは手を、蝶々のようにひらひらさせた。

「昼の部が終わるのは三時半くらいだよ」

「それで」

「ええ、じれったいねえ。つまり栄さんは、芝居を最後まで見るつもりがなかったってことなのさ」

今泉は足を止めた。眉間にしわがぎゅっと寄る。

「十一時半開演で、十二時四十五分までは太十だ。恵比須座からここまで、タクシーで十五分。彼女は太十だけを見に、わざわざ来たわけかい。それまで、何度も見てるんだよ。楽屋にもよく顔を出していたもの。その日の太十が、彼女にとって特別なものでない限り、そんなことするはずがないよ」

今泉はかすれた声で言った。

「本当だな。ちっとも気がつかなかった」

「それと、もうひとつ」

「なんだ」

「彼女の和服。雪持ち笹とふくら雀なんて、五月に着る柄じゃない。和服を一枚か二枚しか持ってないような女じゃあるまいし、時季はずれの着物をなんで、わざわざ着たんだろう」

「彼女はそれが気に入ってたんだろう」

「それにしたって、それで公の場に出たら恥をかくよ。いくら高価な着物でもね」

会話に夢中になって、ちっとも足が進んでいなかったことに、気づく。わたしたちは並んで歩きだした。

「あのう、すみません」

可愛らしい声がして、振り向いた。

立っていたのは最前、笹雪の玄関にいた女の子だ。走ってきたのか、息を切らして胸を押さえている。

「あの、女将さんが殺された事件について、調べてる探偵さんですよね」

「そうですけど」

彼女はすがるような目で、今泉の顔を見た。

「お話ししたいことがあるんです。抜け出してきたから、時間はあまりないんですけど、立ち話じゃまずいんです」

わたしたちは顔を見合わせた。

「わかった。どこかいい場所があるかい」

「ここの地下に喫茶店があります。静かだし、人も少ないはずです」

彼女に誘われて、わたしたちはビルの地下にある甘味喫茶に入った。

彼女はわたしたちの前に腰を下ろすと、コップの水をごくごくと飲んだ。

「小森《こもり》といいます。笹雪でアルバイトをしています」

「それで、話というのは」

彼女は亀のように、顔を前につきだした。

「実は、女将さんの殺された前の晩のことなんです」

彼女の話というのはこうだった。

その日、十時過ぎくらいの遅い時間に、ひとりで店に来た、若い男がいた。

「だれだい、それは」

「歌舞伎役者の中村銀弥です」

「中村銀弥あ?」

今泉が不審そうな声を出す。わたしは教えてあげた。

「ほら、葉月屋さんの女房役の女形さんよ」

「いや、そりゃあ知ってるけど。彼がどうしたんだ」

奥の部屋に上がり、軽い食事と酒を注文した。常連のひとりなので、女将さんはいつものように挨拶に行った。ところが、三十分、一時間、一時間半と、女将さんは、彼の部屋から出てこなかったという。

「他の仲居さんは、みんな知らないふりをしてて。でも、わたしはすごく気になって。わたし銀弥さんのファンなんです」

「それで」

帯締めの房をやたらもてあそびながら、彼女は恥ずかしそうに言った。

「覗きに行ったんです」

やれやれ、好奇心旺盛なお嬢さんだ。

「障子に穴を開けるのはやりすぎだから、見つからないように、障子に張り付いて、声だけ聞いたら」

「たら？」

「その声は、銀弥さんの声じゃありませんでした」

今泉は妙な顔をした。わたしが尋ねる。

「だれの声かわかるかい」

「中村銀青さんです」

思わず、顔を見合わせる。

今泉は脅すように低く言った。

「間違いはないだろうね」

「間違いありません。あたし、歌舞伎好きだから、あそこでバイトしてるんです。銀青さんはよくいらっしゃるし、聞き間違いなんて、絶対ないです」

わたしは身を乗りだした。

「それで、なんて言ってたの」

彼女は唇をなめた。少しずつ思い出すようにゆっくり喋る。

「あの男を信じちゃいけない。あんたがえらい目にあう。あんただって、多少は苦い水を飲んできた女だろう。なら、わかるはずだ。あの男の言うことなんか、絶対に信じちゃいけないって。それ以上は怖くて聞けませんでした」

わたしは彼女のことばを信じた。彼女の話し方は、中村銀青そっくりだったからだ。

でも、中村銀青がなぜ、そんなことを。

「それで、何も聞かなかったふりをして、女将さんたちがいる部屋の、少し手前の部屋を掃除していました。本当に銀青さんかどうか、確かめようと思ったんです。玄関に出るには、必ずその部屋の前を通るはずだし。でも、だれも通りませんでした。しばらくして、もう一度、奥の間に行ってみると、障子が開いてて、月明かりの中に女将さんひとりが立っていました。どうしたんですか、女将さんって声をかけたら」

たら?」

「すごく、怖い顔をして振り向いて、でも、あたしを見ると、すぐに作り笑顔になって、もうあがりなさい、と言われました。でも、目が笑っていなかった。能面みたいに顔がひきつって、あんな女将さん初めて見ました」

彼女は下を向いて、手を握り合わせた。

「警察にこのことを話そうとしたら、宮住さんが、深見屋さんは大事なお得意さんだから、そんなこと言っちゃいけないって。それに、帳簿を見ると、銀弥さんも、銀青さんも来ていないことになっているんです。宮住さんも、あんたが見間違えたんだろうなんて言うし。でも、本当です。あたしが銀弥さんを、いつもの部屋に案内したんだもの」

「ぼくたちは、きみの言うことを信用するよ」

彼女は目を輝かせた。

「本当ですか」

「もちろんだよ。教えてくれてありがとう」

だが、彼女は、また肩を落として下を向いた。

「女将さん、あたしのことを妹みたいに可愛がってくれたんです。派手になった着物とかを、みんなには内緒でくれたり、お休みの日にお芝居に連れて行ってくれたり。いい人でした。探偵さん、絶対に、女将さんを殺した犯人をつかまえてくださいね」

だが、今泉ははぐらかすように微笑んで、返事をしなかった。

アルミの湯沸かしがしゅんしゅんと音を立てる。わたしは備え付けの湯呑みに、ティバッグを入れ、湯を注いだ。

湯上がりの火照った顔の今泉が、風呂場から出てくる。バスタオルを幾重にも頭に巻いて、インド人のようだ。

「グッド・タイミング。紅茶が入ったわよ」

「ん」

眼鏡を渡してやる。受け取ってかけると、体温でレンズがもわんと曇る。男前が台無しだ。

ベッドに腰を下ろして、湯呑みの紅茶をすすっている。

「それにしても、手がかりが少ないわねえ」

今泉がちらりとこっちを見る。

「小菊が気づかないだけだろ。今日はかなり有意義だったよ」

「そりゃあ、そっちは専門家でしょう。あたしは専門外だもん」

「可愛げのないワトスンだなあ」

「ふんだ」

わたしは、乾きかけた髪を、タオルでごしごしとこすった。

「それにしても、深見屋さんの大旦那と若旦那まで関わってくるとはね」

「小菊から見て、あのふたりの印象はどうだ？」

わたしはうーと顔をしかめた。

「どうだって、人間国宝の銀青さんなんか、雲の上の人みたいなものよ。まっすぐ見ると目がつぶれるわよう」

「銀弥は」

「深見屋の御曹司ってだけでなく、まさに歌舞伎をするために生まれてきたような人ね。何人かが同じ衣装で舞台に立っても、彼のところだけ光が当たっているような感じ。ただ、無口だし、ちょっと得体がしれないようなところがあるわね。先輩の舞台なんかをね、もう、食いつきそうな顔で眺めているときがあるわよ」

「ふうん」

わたしは彼の横に腰を下ろした。

「深見屋さんの大旦那、だれのことを信じるなって言ったんだろう」

「小川半四郎、かな」

わたしは彼の頭のタオルを引っ張った。

「だって、葉月屋さんがなにをしたって言うのさ」

「ぼくに聞かないように」

彼の頭を叩いて立ち上がる。

「ねえ、ブンちゃん。銀弥さんが部屋に入ったのに、中には銀青さんがいて、その銀青さんも消えちゃったってどういうことだろう」

「廊下を通らずに、忍んで庭から入ったら簡単だろう。日本家屋は夜這いに最適だ」

「なんだい。その言い方。なんで、庭から出入りする必要があるのさ」

「それが問題だ」

こいつ、わたしを馬鹿にしてるのか。

「そんなことばかり言うと、あたしが今、思いついた推理を教えてやんないわよう」

今泉の表情が変わった。湯呑みを置いてこちらを向く。

「なにか、気がついたのか」

「そのことじゃないけどさ」

「教えろよ」

さすがに仕事熱心だ。わたしは大きな窓にもたれて今泉を見た。

「今のところ、栄さんに恨みを持った人、栄さんが死んで得をする人は見つかっていないわよねえ」

「そうだ」

「客の中にも、栄さんの知り合いはいなかったんだってねえ」

「謎の女を除いてね」

わたしは片手を顎にあてて、にやりと笑った。

「でも、栄さんと直接面識はなくても、栄さんのことを知っている人は多かったんじゃないかしら。なんたって、葉月屋の婚約者なんだもの。それと同時に、直接の知り合いじゃなくても、彼女に恨みを抱いている人は」

今泉は勢いよく立ち上がった。

「小川半四郎のファンか？」

「そう、それも若い女性で、熱狂的なね。調べてみる価値はあるんじゃ……」

わたしが言い終わる前に、今泉は鞄を引っかき回し、手帳と財布を摑んで部屋を飛び出していった。

乱れた浴衣。頭はインド人のままで。

閉め出してやろうかしらん。

次の日、自分の出番と雑用の数々を終えると、わたしはホテルに電話をかけた。

今泉の伝言は、三時半に劇場ロビー喫茶室で待つように、ということだった。午前中に東京の葉月屋さんの後援会と連絡をつけ、その次第によって、午後からの行動を決めるため、ホテルに伝言を残してもらう約束をしたのだ。

今回ばかりはわたしの発見だから、今泉がえらそうに言えないのが、気持ちいい。

わたしだって、いつも物事を引っかき回すだけではないのだ。

電話を切ると同時に、後ろから叩かれた。

「あ痛」

振り向くと、由利ちゃんが、小道具の草履を持って立っていた。思わず、尾上の台詞が出る。

「こりゃ、草履をもって」

「ぶったがどうした。叩いたがなんとした」

由利ちゃんは、相変わらずのりがいいが、草履打ちごっこをしている場合ではない。

「なんでぶつんだよう」

「小菊さん、昨日の女の子、誰？」

昨日の？　少し考え込む。

「ああ、小夜子ちゃんか。あたしのごひいきさんだよ」

「うそ」

由利ちゃんは、わたしのふところに入るようにして、上目遣いににらみつけた。

「あたし、一年前、小菊さんのひいきの人を見た記憶があるわよ。だからあと七十五年間は、小菊さんのひいきは現れないはずだもん」

「あたしのごひいきさんは、ハレー彗星か」

「似たようなもんでしょ」

「あんたが知らない間に、七十六年間たってたんだよ」

くるん、と後ろを向き、立ち去ろうとするのを、声が追った。

「小菊さん。旦那がお呼びですよ」

「え、なんで」

「知らない。小菊を呼んでおいでって叫んでたから、呼びにきたの」

意地でも、重要な用件を最後に言うことは、やめないらしい。

「いやだねえ。駄目出しかなあ」

「小菊さん、とちったの？」

「覚えはないけれどねえ」

弥蔵《やぞう》になって、考え込む。

「遅くなると、よけい怒られるわよ」

「師匠も、あのねちねちした叱り方さえなけりゃあ、いい人なんだけどねえ」

わたしは、腕を袖にしまって、師匠の部屋へと向かった。

「師匠。小菊ですけど」

紗ののれんをかきわけて顔を出すと、師匠は小さな背中を見せて、化粧前に座り込んでいた。横に弟弟子の瀬川鈴吉《すずきち》が控えている。

「はい、お入りなさい」

雪駄を脱いで、楽屋にあがる。師匠を避けるように、隅の方へとにじった。師匠は眉を描く手を止めて、鈴吉をちらりと見た。

「悪いけど、少し席を外しておくれ」

お説教の確率が、九十パーセントに跳ね上がった。師匠は、叱るときは一対一で、という方針の持ち主なのだ。鈴吉は、同情に満ちた視線をわたしに向け、楽屋を出て行った。

わたしは膝を揃えて、下を向いた。師匠のお説教は長い。おまけに、始まると過去のことまでも持ち出してくるので、たちが悪い。若かったころは全部受けとめて、涙ぐんだりしていたのだが、そろそろ、とうの立ちはじめた今では、聞くべきところだけを聞いて、あとは、畳の目を数えているということが、できるようになった。

師匠は眉墨を置くと、ゆっくりとこちらを向いた。わたしは畳の一点に目をやった。今日はここから、数えはじめよう。

「小菊。あんた、わたしになにか隠していることはないかい」

わたしは思わず顔をあげてしまった。師匠の白粉焼けした顔が、目の前にあった。

「か、隠していることって」

「自分の胸に聞いてごらんよ」

風向きが少々おかしい。なにやら痴話喧嘩のような言いぐさである。

わたしは首をかしげた。師匠に怒られるようなこと。まったく覚えがないわけではないが、下手なことを言って、藪蛇になってもまずい。

「師匠、せめてヒントを」

「なんだい、そんなに心当たりがあるのかい」

「いえいえ」

師匠はあきれたような顔をして、足を直した。

「あんた、毎日舞台が済んでから、なにしてるんだい」

わたしは冷水を浴びたようになって身を縮めた。まさか、こう来るとは思わなかった。

「まあ、あんたの自由時間になにをしようが、あんたの勝手だ。でも、聞いたところじゃあ、五月の河島さんが殺された事件について、調べているそうじゃないか」

「師匠、それは誰から」

「おだまりなさい。昨日、なにやら若い男と楽屋の廊下で相談していたそうじゃないか。もしや、と思って恵比須座の三井さんにも聞いてみたら、やっぱりそうだっておっしゃるし、まったくわたしに内緒で、なにを始めることやら」

わたしはひきつった笑いを浮かべながら、畳の毛羽《けば》を、指でなぞった。

「聞いたところでは、その男は探偵らしいじゃないか。小菊、その人が、あんたに協力してほしいと言ったのかい。それともあんた、あの事件になにか関係があるんじゃないだろうね」

「滅相もございません」

わたしは畳に額をすりつけた。

「彼は大学の同級生でして、そのよしみで、あたしも時間が許す限り、ちょこっと手伝ってあげているだけで」

「連れておいで」

「え」

「その探偵さんを、連れておいでって言ってるんだよっ」

わたしはぽかん、と口を開けた。

「それは、どうしてですか」

師匠はぐいと顔をつきだした。

「実はあたし、あの事件で、警察も知らない重要な情報を握っているんだ。もしかしたら、犯人逮捕の大きな鍵かもしれないよ」

「あのですね。師匠」

わたしは気が抜けたような声を出した。

「どんなことなんですか。一応あたしが彼に説明して」

「だめだよっ。あたしが直接、名探偵に言うんだ。連れておいで」

いつのまにか名がついてしまっている。

「まったく、自分だけそんなおもしろそうなことをして、あたしに黙っているなんて」

わたしは師匠が二時間ドラマの大ファンだということを、思い出した。同時に師匠は、一度言い出したらきかないことも、思い出した。

「小菊、あんた、あたしの言うことを聞かないと、どんなことになるかわかっているだろうね」

「どんなことになるんですか」

「今度の勉強会。帯屋のお半の役をおろして、丁稚の長吉《ちょうきち》をさせてやる」

それだけは許して。

今泉に師匠のことばを伝えると、彼は情けなさそうな声をあげた。

「あんなに役者仲間には言うなって言ったのに」

「なにさ。もとはといえば、あんたが小夜子ちゃんを楽屋に連れてきたのが悪かったんだよ。あたしのせいだけに、しないでおくれっ」

「うう」

顎に手をあてて悩んでいる様子なので、わたしはテーブルに手をついて頭を下げた。

「ねえ、頼むよう。師匠の言うことを聞かないと、あたしゃ来月、可憐なるお半をおろされて、洟垂れの丁稚をさせられてしまうよう」

「丁稚、結構じゃないか」

失礼な。大部屋の役者にとって、年に一度、主役を張れる勉強会がどれほど大切か、全然わかっていないのだ。

「まあ、菊花さんの重要な証言っていうのも気になるしなあ」

「だろう」

「わかった。言うとおり、明日終演後に楽屋に行くよ」

「頼んだよっ」

何度も念を押す。今泉はわかった、わかった、というように、右手を振った。

「ところで、これからどうするの？」

「小川半四郎の後援会に問い合わせて、その日の切符を買った女の子を教えてもらった。残念ながらひとりだけだそうだ。これから彼女に会いに行く」

「電話で聞いて教えてくれたのかい」

「東京に助手をひとり、残してきているんだ。向こうの捜査や連絡は、彼がしてくれている」

「ふううん。それで、どこで会うの」

「水族館だよ」

「水族館？」

その女の子は水族館に勤務しているという。勤務時間が夜八時まで、と遅いので、休憩時間に会うことにした、という。

地下鉄の駅まで歩きながら、今泉はあまり気乗りしないようにつぶやいた。

「実を言うとあまり期待していないんだ。電話で話した感じでは、まったく関わっていないだろう。淡々としていたからね」

「でも、後援会の女の子たちって、びっくりするほど濃いネットワークを持ってるのよ。関係者でも知らないことを、知ってたりしてね」

地下鉄が来た。わさわさと乗り込んで、吊革につかまる。

「今までなにしてたのさ」

「警察で話を聞いていたんだ」

今泉は小指で鼻の頭を掻きながら答えた。

「へえ、よく相手にしてくれたね」

「少し、つてがあってね」

「なんか、新しい発見があったの？」

「少しね」

今泉は吊革を持った手をねじって、こちらを向いた。

「一番の収穫は、これだ。彼女が刺されたのは芝居の最後じゃない」

「なんで。警察が見たとき死後二十分ぐらいだったんだろう。それじゃ、どう考えても」

「確かに、彼女が死んだのは幕が下りる寸前だ。だが、彼女は即死じゃなかったんだ。腹部を刺されてから、死に到るまで、三十分から四十分の間があったらしい」

「じゃあ、どうして助けを呼ばなかったのさ」

「後頭部に、倒れるとき打ったらしい傷があった。それで意識を失った可能性もある」

三十分から四十分前。だれかが、彼女が倒れているのに気がついていたら、助けられたかもしれないのだ。そう思うと、急にいたたまれない気分になる。

わたしの気持ちにかまわず、今泉は続ける。

「刺されたのは芝居の前半だとすると、小夜子ちゃんも言っていた、途中で入ってきた何人かも気になる。だが、調べたところ、途中で入場する人は、係員が席まで案内することになっている。彼らにも犯行は不可能だな」

「他には」

「彼女、妊娠していたらしい」

「葉月屋さんの?」

「たぶん。半四郎は知っていたよ。自分の子どもに違いないって認めている」

わたしは吊革を引っ張った。それが、葉月屋さんの子どもなら問題はない。ふたりは秋に結婚する予定だったのだから。だが、もしそれが、別の人の子どもだったとしたら。そこに殺意が生まれる原因があるかもしれない。

「あと、凶器の刃物は、被害者自身が、その朝、デパートで購入したものらしい。洒落た和服を着て、朝一番に出刃包丁を買いに来た女と言うことで、店員もよく」

「ちょいと、お待ちよ」

「なに」

「それじゃあ、自殺の可能性はないの?」

「警察は考えていない」

「どうして」

「自殺者で、腹を刺すような人はいない。苦しむだけで、なかなか死ねないからね。それに、極めつけがある。凶器についていた被害者の指紋は、左手のものだけだったんだ」

わたしは少し考えた。

「栄さんは右ききだったのかい」

「間違いない。包丁は一息に深く刺さっていて、左手では絶対無理だ。その傷の様子から、警察は、犯人は男か、女性でもかなり力のある者だというふうに推測しているらしい。自殺者に見られる、ためらい傷もなかったそうだ」

じゃあ、なぜ、彼女はそんなところで包丁を買ったのだろう。それも劇場に行く前に。店の包丁が刃こぼれでもしたのか。いや、包丁などは、女将より板前さんの管轄だろう。それに、高級料亭の厨房で、デパートの包丁を使うだろうか。やはり、老舗の専門店に注文するだろう。どう考えても、彼女が凶器を買った理由が思いつかない。

ふと横を見ると、今泉は吊革を握ったまま、眠ったように目を閉じていた。

「ちょいと、ブンちゃんっ、かわうそだよ、かわうそがいるよっ。かわいいねぇェ。あっ、もう一匹いるよっ、つがいなのかねえ。あっ、飛び込んだ。泳いでる、泳いでるよ、あたしゃ、初めて見たよ。あっ、あがった。濡れてるよっ、濡れてるよっ、蛇みたいだねえ。ぬるぬるしてるよう」

水族館を入ったところに、なぜかかわうその水槽があった。わたしは、ガラスに顔を押しつけて、声を張り上げた。

「あのなあ、小菊。かわうそだから、水に飛び込むのは当たり前で、飛び込むと泳ぐのが当たり前で、泳ぐと濡れるのが当たり前だ。かわうそが空を飛んだら教えてくれ」

「なに言ってるんだい。あっ、隠れちゃったよ。出ておいで、出ておいでったら、あ、あそこにも一匹いるっ」

今泉の情けなさそうな顔が、水槽の表面に映っている。

「小菊、おまえ、ここになにしに来たんだ」

「だって、あたしゃ、かわうそなんて見るのは初めてなんだよ」

「なら、ここでかわうそを見て、待っているか？」

沈黙。

「小菊、おまえ今、迷っただろう」

その後、ラッコの水槽と、ペンギンの水槽で引っかかったわたしを、今泉は無理矢理ひきはがした。

「待ち合わせはどこなのさ」

「わにの水槽の前だ」

わには、客の方を向いて、水面にぷかぷかと浮かんでいた。一ミリだって、身動きもしない。

「わにはいいねえ」

わたしは顔を水槽に押しつけた。

「なんたって、目が真摯だ」

今泉も珍しく同意して、並んで顔を押しつける。

「態度がけなげだよなあ」

「肝心なことが解ってるって、感じだよねえ」

わにには岩壁のようにざらついた背中を、乾かしながら、哲学的思考に浸っているように見えた。奥の方では、少し小さいわにが、大きいわにの上に乗っている。上を通ろうと思って足を乗せたとき、悟りの境地にさしかかって止まってしまった、そんな感じだ。大きいわにの方も形而上的な思考に夢中で、ささいなことなど気にしないようだ。

「いいねえ。いとおしいねえ」

「造形美としても完璧だなあ」

横で誰かが声を殺して笑っている。わたしは目をそちらにやった。赤い制服を着た短い髪の、背の低い女の子が立っていた。

「もしかして、今泉さんですか」

男の子のような女の子は、わたしの顔を見上げて言った。

「いや、今泉はこっち」

今泉は首をひょん、と曲げて、会釈をした。

「もしかして、高橋さん？」

「ええ、そうです。お待たせしましたか？」

「そんなことないです。お仕事中すみません」

「いえ、いいんです。夕方の休憩時間は、どうせすることないし」

わたしたちは、少し離れた場所にあるベンチへと向かった。

女の子は高橋めぐみと名乗った。

子どもみたいで色気はまったくないが、ぬいぐるみの熊のような、愛敬のある女の子だった。

「本当にびっくりした。あたし、前の方に座ってたんやけど。太十の舞台の余韻に浸っていたら、後ろの方で悲鳴みたいなのがして、見に行こうとしたら、係の人が席を動くなって言うし、あとで聞いたら、半四郎さんの婚約者が殺されたって。もう、本当にびっくりやわ」

彼女は話し好きらしく、関西弁でまくしたてた。

気がついた。後援会で切符を買ったのなら、前の方なのは当たり前だ。だとしたら、彼女が犯人のはずはない。まあ、そうじゃなくても、目の前の陽性の女の子が、殺人者なんてとても思えないのだが。

「河島さんのことは、以前から知ってたのかい」

「かわしまさん？　ああ、殺された女の人。そら、半四郎さんの婚約者が料亭の女将さんやってことは、知ってたけど、顔までは知らんかった。後援会の女の子には、店まで顔見に行った子もおったけど、わたしはあんまり興味なかったし」

「好きな役者の婚約者なのに、興味がないのかい」

わたしの質問に、彼女はにっと笑った。

「だって、舞台が好きなだけで、私生活なんかはどうでもいいやん。後援会の女の子の中には、もう寝ても覚めても半四郎さんで、彼のためならなんでもするような子も多いけどさ。わたしは、どちらかと言うと、冷めたほうかな」

「他に気がついたことは、なにかある?」

「別に、気づいたことって」

足をぶらぶらさせながら考えている。ふいに、彼女は顔をあげた。

「中村銀弥さんの奥さんのことは、聞いた?」

また、中村銀弥だ。今泉は眉間にしわを寄せた。

「いや、知らない」

「銀弥さんの奥さんが来てたのよ。後で取調べを受けてるときに、気がついたんやけど」

だが、客席で役者の妻を見ることは、決して珍しいことではない。

「それが、なにか関係があると思うの?」

「ないか。やっぱりないわよね」

自分で納得するようにつぶやいている。今泉が考え込んでいるので、わたしが質問する。

「深見屋さんの奥さんのことは知ってたの?」

「うん、たまに初日に行ったら、ごひいきさんに挨拶してるから。きれいな人やから目立つし」

今泉は目の前を泳ぐ熱帯魚の大群を凝視している。高橋さんはいたずらっぽく笑って、わたしの顔を見た。

「だれに依頼されて、調査してはるんですか」

わたしは今泉をつついた。今泉は急に立ちあがって、水槽の方へ歩いていってしまった。仕方がないのでわたしが返事する。

「あのバカは隠しているつもりなんだろうけど、葉月屋さんに間違いないと思うよ」

彼女は、少し妙な顔をしてうつむいた。しばらくして顔を上げる。

「わたしを疑ってたんでしょう」

「え」

どぎまぎする。

「隠さなくてもええし。警察にもさんざん疑われたんやもん。半四郎さんのひいきやっていうだけでね。ほんまにそうやったらおもしろいけどね。まわりにいた人が、わたしは芝居の間、席から動いていないって証言してくれたよ」

わたしは今泉に助けを求めようとした。だが、でくのぼうは、魚の群れを眺めているだけで、こちらを向かない。

「ごめんねえ。一応調べてみなきゃならないんだよ。葉月屋さんの後援会から来てたのは、あんただけだったらしいし」

「うそ」

彼女の目が丸くなる。

「うそって?」

「だって、後ろの方に」

今泉が急に振り向いた。この野郎は聞いていていたのだ。

「後ろの方にどうしたって？」

「後ろの方に、奥山《おくやま》さんが、まっ青な顔をして、わたしの顔を見ると目を逸らして」

「どんな人なんだい。それは」

「半四郎さんがあまり人気のないころからのファンで、後援会の中でも、かなり熱心な女の子。東京での舞台にも月一、二回は行くし、関西で半四郎さんが出るときは、毎日みたいに通ってるみたい。後ろの方にいたから、その日は当日券だったのかな」

今泉は身を乗りだした。

「その子の連絡先なんかは、わかる？」

高橋さんは首を振った。

「いやあ、わたしあんまり仲良くないんよ。正直な話、後援会でも犬猿の仲って言われてて」

「どうして」

上目遣いにわたしを見ると、小さな声で言った。

「あの子の芝居に対する姿勢が気にいらへんの。例えば、半四郎さんの出番が終わると、芝居の途中でも、席を立ってしまうんよ。他の役者さんに失礼やんか。それに一度、わたしが半四郎さんの切られ与三について、あまり好意的ではないことを言ったら、食ってかかってきて、それからほとんど口をきかへんもん」

「ひいきのひき倒しなわけだ」

「わたしも口悪いし、腹が立ったんかもしれへんけど。それから目に見えて無視するようになって、感じ悪いわあ」

「奥山さんっていう子だね」

「奥山清美《きよみ》だったかな」

彼女は視線を腕時計に落とした。

「ごめんなさい。そろそろ戻らないと。いいですか」

「ああ、どうもありがとう」

今泉は半分うわの空で礼を言った。


今泉が電話をかけている間、わたしは海亀の水槽をぼんやり見ていた。海亀は、苦悶するような顔をしていた。眠っているのでない証拠に、ときどき顔をしかめる。

毎日毎日いろんな人間が、水槽を覗いていく。隠れる場所もない。病気になってしまいそうな環境だ。

なぜかしら、水族館の生き物は痛ましい。すっぽん料理の店の、水槽に放たれたすっぽんは、少しもかわいそうだと思わないのに、ここにいる海亀は、どうしようもなく哀れだ。

生まれ変わるのにどちらかを選ぶ必要があるのなら、わたしは迷わず養殖すっぽんを選ぶだろう。

こんなところで哲学的に年をとるのはまっぴらだ。

ずいぶん長い時間が経って、今泉が戻ってきた。ひどく難しい顔をしている。

「どうしたのさ」

「収穫だ。警察のリストには奥山清美の名前は載っていない」

「なんだって」

それでは、警察が捜す謎の女というのが、その奥山某《なにがし》だというのか。

「彼女の勤め先に電話してみたんだが、彼女は五月の末でやめたらしい」

「じゃあ、事件のすぐ後に？」

今泉は重苦しくうなずいた。

「まだ、断言はできないけど、なにか、形のあるものに、初めて触ったような気がするよ」

第三章

三角形の異様な緊張感。

わたしは心の中で大きなため息をついた。今泉が助けを求めるようにわたしの顔を見るが、知ったことか。

師匠だけが、いつも通りのおっとりした様子で、湯呑みのお茶をすすっている。昨日怖い顔をして、わたしを脅したことなど忘れているようだ。

本日、舞台が終わると、師匠はなにかと理由をつけて、弟子たちを早く帰した。名探偵との対面を控えているせいか、やたらご機嫌で、鈴吉など、黒衣の出とちりをしたのに、怒られもしなかった。

「それで、その葉月屋さんの後援会の女の子が怪しいのですか」

「いえ、彼女が加害者だと断言するわけではありませんが、なにか知っていることは確かでしょう」

対して今泉が不機嫌なのは、師匠の巧みな話術にかかって、知っていることを全部喋ってしまったからだろう。最初は適当にあしらう気持ちでいたらしいが、師匠の方が何枚も上手だ。今までの捜査の結果をすべて喋らされるまで、二十分とかからなかった。

師匠は、蝶の散った扇子を使いながら、莞爾と笑った。いつ見てもほれぼれするような笑顔だ。

「でも、これであたしの考えが間違っていなかったことが、わかりましたよ」

「師匠、考えって」

「深見屋さんが、関わっていらっしゃるはずだと思っていましたんですよ」

今泉は眼鏡を押し上げると、師匠の顔を見た。

「それは、どうしてですか」

師匠はぱたん、と扇子を閉じた。

「貴方、小菊から聞いていらっしゃるでしょう。あたしが、少し気になることをお教えしますって」

「ええ、それをぜひ伺いたくて」

「わかっていますよ」

師匠がご機嫌なのは、行儀がよくまじめそうな容貌の今泉が、気に入ったせいもあるのだ。

わたしはお尻をあげて、ちゃんと座りなおした。

「小菊は覚えているだろうけどね。あの事件が起こった日は、もう幕をあげなかったんでございますよ。太十が終わって、あたしが風呂を使って出てきたときだったでしょうか、頭取さんが、今日の舞台が中止になった、と言いに来ましたんですよ。急なことだから楽屋の廊下で声を張り上げてねえ。そのときは、まだ、詳しいことはわかっていませんでしたから、客席から女性の死体が発見された、ということと今日の舞台の中止を告げられました。ちょうど横に、深見屋さんがいらっしゃいました」

「中村銀青さんですか」

「ええ、次の黒塚のこしらえを済まされて、あとは舞台へ出るだけのお姿でございました。話を聞いて、部屋に戻ろうとしたら、深見屋さんが、ぼそっとこうおっしゃるのが聞こえましたんですよ」

そこで、師匠は背を正して、深見屋さんの声色を使ってみせた。

「仮名手本、忠臣蔵だねえって」

「忠臣蔵?」

今泉は不審そうな声をあげた。

「どういう意味なんですか」

「さあ。そのときはなにをおっしゃったんだろう、としか思いませんでしたけれども、それから、殺されたのが笹雪の河島さんだと聞きまして、二度びっくりいたしました」

わたしは浴衣の裾を直しながら、師匠の方に近づいた。

「それがどんな意味だかはわからないけど、誰が殺されたかもわからないうちから、そんなことを言うなんて、銀青さんは、まるで河島さんが殺されるのを知ってらっしゃったみたいですね」

師匠は扇子で軽くわたしの肩を叩いた。

「そうなんだよ。あたしもそう思ってねえ」

今泉は膝に手を置いたまま考えこんでいた。

「仮名手本忠臣蔵、か」

「ブンちゃん、わかるかい」

「いや、急に言われても」

「特に、仮名手本、と力をいれておっしゃったような気がいたします」

「仮名手本？」

歌舞伎の忠臣蔵の狂言名は、正式には、仮名手本忠臣蔵という。赤穂浪士四十七人と、いろは仮名の数が同じだから、というのが、通説だ。

「あたしもいろいろ考えてみたんですけどね」

「例えば」

「芝居の中のある場面と状況が同じだとか」

「なるほど、でも忠臣蔵に、女性が死ぬ場面はあったでしょうか」

「そうなんですよ。ないんです。男の人はたくさん亡くなるんですけどねえ」

そう言われればそうだ。判官《はんがん》は死ぬが顔世《かおよ》は死なない。勘平《かんぺい》は死ぬが、おかるは死なない。本蔵《ほんぞう》は死ぬが、戸無瀬《となせ》は死なない。それに劇中では死なない、力弥《りきや》も千崎《せんざき》も由良之助《ゆらのすけ》も、最後には切腹してしまうのだ。

「まあ、女性に限る必要はないですね。切腹はこの場合可能性はないから、他に殺される人物とかは」

わたしは考え込んだ。切腹以外、というと。

「おかるの父、与市兵衛《よいちべえ》と斧定九郎《おのさだくろう》、九太夫《くだゆう》くらいかしらね」

「そうそう、鉄砲疵《きず》には似たれども、まさしく、刀でえぐりし疵っ」

師匠は、千崎弥五郎《やごろう》の台詞で決まってみせた。

「師匠、だれも鉄砲で撃たれたなんて思ってませんよ」

「うるさいねえ、ちょっと言ってみただけじゃないか」

「遅かりし、由良之助ってのは、関係ないか」

「色に耽ったばっかりに、大事の場所にも居り合わさず」

「金も却って石瓦、鶍《いすか》の嘴《はし》と喰い違う、言いわけなさに勘平が、切腹なすを御両所方」

だんだん名台詞合戦になってきた。

「でも、ひとつひとつの台詞まで考えていたら、それこそきりがないですよう」

わたしが抗議すると、師匠は涼しい顔をして言った。

「あたしもそう思いましたんですよ。一番可能性が高いと思われるのは」

今泉はなめらかに、話を継いだ。

「誰かが、誰かの仇討ちとして、河島さんを殺した、ということですか」

「そう考えるのが一番自然じゃないでしょうか」

今泉がうなずいて、師匠に膝を近づけた。

「菊花さん、そのことを誰かにおっしゃいましたか？」

「いいえェ。昨日まで忘れていましたんですよ。でも、これを言ったせいで深見屋さんにご迷惑がかかると申し訳ないねえ」

「決してそんなことはないようにします」

今泉は珍しく断言をした。

「菊花さんから伺ったってことは、誰にも喋りませんし、銀青さんの身辺を探るなんてこともいたしません」

「そう言ってくださると安心しますよ。深見屋さんには、若いころから女房役で、よく使っていただきましたからねえ。本当に穏やかで立派な方なんですよ。なにかよんどころない事情があって、事件に関わってしまったんだと思いますんですけどね」

今泉は少し迷うように切りだした。

「菊花さん、彼のお孫さんは、どう思われます」

「おや、優ちゃんですか」

師匠はちょっと、遠い目をした。

「あの子はいい役者になりますよ。あのがむしゃらなところが、いい方に出ればいいんですけれどね」

銀弥さん、といえば無口で大人しげな印象しかない。がむしゃらなんて、およそ、彼らしくないことばだ。

「お祖父様やお父様は、穏やかで優しい方なのに、どうしてあんなにきつい性格に育ったんでしょうねえ」

「師匠、銀弥さんって、そんなにきつい性格してますか？　お弟子さんたちにも優しいし、気配りもするし、そんなふうには思えないんですけど」

師匠はぽん、と扇子で畳を叩いた。

「そんなふうに思っているうちは、おまえもまだまだ半人前ですよ」


奥山清美の家は、天王寺から急行で三十分くらいかかる、のんびりとした場所だった。

「連絡はつけてるの？」

疲れているのか、大あくびを繰り返す今泉の顔をのぞき込む。

「いいや。今回は突撃だ」

だが、もし彼女が犯人だった場合、こんな無茶なことをして、藪蛇になったりしないだろうか。

「もうちょっと、手がかりを集めてから、彼女に近づいたほうがいいんじゃないの」

「時間がないんだ。言わなかったが、別に犯人をつかまえるのが目的じゃない。真実さえわかればそれでいい」

わたしは、この四日間で、何度目かの質問をした。

「ブンちゃん、あんたいったい誰に頼まれて働いてるんだい」

今泉は今度も返事をしなかった。

駅に着くと、今泉はわたしを喫茶店に放り込んで、自分だけ彼女の家のまわりをぶらつきに行った。

いらいらしながら待つ。喫茶店で出てくる紅茶が、おいしかったためしはないが、この店は特にひどかった。

ティバッグを入れて十秒で出したとしか思えないほど薄い癖に、渋みだけはしっかりある。おまけにミルクが、珈琲用のフレッシュだという無神経さ。白湯《さゆ》のほうが、まだましだとしか、思えない。

げんなりしながら水ばかり飲んでいると、相変わらず飄々とした面もちで、今泉が戻ってきた。にたにたと笑いながら、窓を叩く。わたしは伝票を持って立ち上がった。

「いたの？　彼女」

「いると思う。興信所のふりをして、近所でいろいろ聞きだした。両親と一緒に住んでいるんだが、両親とも働いているらしい。一カ月半ほど前から、清美嬢は仕事をやめて、家にこもっているようだ。母親が理由がわからないってこぼしていたらしいよ」

「よくもまあ、そこまで聞けたものね」

「向こうで勝手に、結婚のための身元調べだと誤解してくれた」

「誤解させるようなことを言ったんだろ」

今泉は返事の代わりに、わたしの背中を力いっぱい叩いた。

「急ごう、六時過ぎると、母親がパートから帰ってくるらしい。そうなると、話がややこしくなる」

いかにも新興住宅地といった様子で、似たような家が並ぶ坂道をふらふらと歩く。夏だから日の落ちるのは遅いが、五時過ぎれば家々から、夕刻の気配が漂っている。今泉は、知った道のように、家の間をすいすいと歩いて行くが、方向音痴のわたしには、同じ顔をした家を見分けて、正しい道を見つけることなど絶対に不可能だ。

今泉はそのうちの一軒を指さす。見ると表札に「奥山」と書いてある。

今泉とわたしは、これから仕事にかかる泥棒のように、顔を見合わせてうなずきあった。

門から中に入り、チャイムを鳴らす。

しばらくして、ドアが開いた。びっくりしたような目をした、女の子が顔を出した。少し見覚えがあるような気がする。一見若く見えるが、二十六、七というところだろう。

「どなたですか」

不審そうにわたしたちの顔を見る。まなざしがきょときょととして、落ちつきがない。

今泉はずい、とドアのそばに寄った。

「実は、河島栄さんが亡くなった事件で、少しお聞きしたいのですが」

彼女の顔色が変わった。金切り声をあげる。

「お話しすることなんか、なにもありません」

自分で関係があるぞ、と言ってるようなものだ。彼女がドアを閉めるより早く、今泉が靴を割り込ませた。身体でドアをこじあける。

どこでそんな技を覚えたのだ。

「やめてください。人を呼びますよ」

「人を呼ばれて困るのは、貴方の方でしょう」

彼女がぎくりとするのがわかる。今泉が畳み掛ける。

「ぼくらは警察じゃありません。ただ、貴方が話してくれないと、貴方の大事な人に、迷惑がかかることになりますよ」

わたしは今泉の真剣そうな顔を見た。いったいなにを言っておるのだ。

だが、彼女は明らかにそのことばで動揺したようだった。

「ぼくらは訳があって、本当のことが知りたいだけなのです。貴方さえ喋ってくれれば、警察にはなにも言いません。だが、貴方が喋ってくれないと」

彼女は恐ろしく芝居がかった仕草で、目を覆ってその場にしゃがみこんだ。

「本当ですね。本当に警察にはなにも言わないでくれるのですね」

今泉はなにもかも知っているような顔をしてうなずいている。

「ええ、貴方が喋ってくれさえしたら」

彼女はうるんだ目で今泉を見上げた。とんでもない三文芝居だ。わたしはホテルに帰って寝たくなった。

だが、次に彼女が言ったことばは予期せぬものだった。

「彼が、半四郎さんが殺したことを黙っていてくれるんですね」


先ほどの喫茶店で、わたしと今泉は奥山清美と向き合っていた。

彼女は、カップや水のグラス、メニューの位置を何度も変えたり、自分の靴下や時計をいじったりしている。かなり、緊張しているようだ。

どこかいびつな印象をあたえる女性だった。顔立ちも悪くないし、頭も良さそうだ。だが、なにかがバランスを崩している。不安に支配されている、というか、世界とうまくやっていないのがよくわかる。

下唇を呑み込むように嚙む癖も、見ている方をひどくいらいらさせた。

今泉は子どもに言い聞かせるような調子で、彼女に話しかけた。

「きみは、小川半四郎があの女性を殺すところを見たんだね」

「はい」

彼女は下を向くと、シャツの裾をぎゅっと握った。

「だが、彼はそのとき舞台に立っていたし、楽屋に戻った後も、衣装さんやお弟子さんの証言で、客席に行っていないことが、明らかになっているんだが」

彼女は少し息を呑むと、早口で言った。

「花道を通るときです」

「え？」

「十次郎、出陣の場面で、花道から引っ込むとき、揚げ幕の手前まで走ってきて、その後、客席に飛び降りて、あの女の人を刺したんです」

わたしは、今泉の方へ目をやった。彼は表情も変えず、彼女の話を聞いていた。

「あんた、それを、それを見たのかい」

彼女はうなずいた。

「いつも、揚げ幕から彼が消えるまで、ちゃんと見届けるんです。でも、その日、揚げ幕が開く少し前に、彼が客席へ飛び降りて、その後どうなったのかは見えなかったけれど、後で、彼の婚約者が刺されてたって聞いて、ああ、やっぱりって」

彼女を以前、どこで見たのか思い出した。関西の公演のとき、毎日楽屋口で立っていた子だ。誰を待っていたのかは知らなかったけど、熱心な女の子だな、と思っていた。ほとんど毎日だった。雨の日も、風の日も、ひどく寒い日も。あれは葉月屋さんを待っていたんだ。

ぼさぼさの髪で顔を隠すように、彼女はうつむいていた。今泉が優しい声で言う。

「やっぱりって。彼が婚約者を殺す動機に心当たりがあるのかい」

彼女はまた、両手で目を覆った。震えるような声で泣き出す。まるで、子どもみたいな臆面のなさだ。わたしはいらいらと指先でテーブルを叩いた。今泉は平然とした顔で、煙草に火をつけている。

ひとしきり泣いた後、彼女は顔をあげて、わたしたちを見た。

「半四郎さん、わたしのことを愛していたんです」

やめた。

真剣に聞いていたわたしが馬鹿だったのだ。どう考えても熱狂的なファンの妄想じゃないか。

だが、今泉は興味深そうな顔をして聞いている。

「それは、かなり前からの関係だったんですか？」

彼女はうなずいた。

「でも、二人で会ったりとかそういうことじゃなくて、もっと純粋な、判っていただけますか、気持ちだけのものだったんです」

「じゃあ、手紙かなにかで」

「ええ、後援会の会報を送ってくる封書の文字が、すごく情熱的な書き方だったり、握手をしてもらうとき、わたしの手を長く握っていてくださったり、舞台の上からわたしだけを、じっと見つめてくださったり、彼がわたしのことを愛していてくださることは、前々から気づいていました」

わたしは今泉の足を踏んだ。これ以上話を聞いてなんになると言うのだ。だが、今泉は、黙ってろ、とでも言うように、わたしの足を蹴った。

「押絵の奇蹟ってご存じですか？」

「へ？」

急に彼女が話を変えた。今泉の煙草を持った手が止まる。

「押絵の奇蹟です」

「ああ、夢野久作ですか。確か、歌舞伎役者と人妻のプラトニックな恋を描いた小説でしたね」

「ああいう関係だったんです」

そう言われても、ああ、そうですか、というしかない。

「だから、わたしも割り切っていたんです。彼が婚約したって聞いたときはつらかったけど、所詮身分だって違うし、しかたないんだって。この世で添い遂げられなくても、来世で添うか、お互いの子どもが運命に引き寄せられて恋に落ちるか、そんなふうに、思いは残っていくんだ、そう思っていました。悲しいけれど」

悲しいのは、こんな話につきあわされているわたしたちだ。それにしても、添い遂げるなんて言い出すところは、さすが歌舞伎好きである。

「でも、彼はそう割り切れなかったんでしょう。婚約者の女性を殺してしまったとき、わたしは、彼の愛が真実であったことを知ったんです」

彼女の声の盛り上がりは頂点に達した。

「その後、彼から連絡はありましたか」

「いいえ、たぶん、人殺しをした身で、わたしに会うのを恥じていらっしゃるのです」

聞いてあきれる。小川半四郎丈は、今、東京で、多田蔵人行綱を元気に演じている。

「だから、だから、彼に会ったら伝えてください。わたしは貴方が人殺しでもかまわないって。本当に心から愛しているって」

「わかりました」

今泉は仰々しくうなずいた。彼女の両目から、大粒の涙がぽたりと落ちた。


彼女の毒気にあてられて、わたしたちは電車の中で、一言も口をきかなかった。降りてからも、二人ともなんとなくその話題を避け続けていた。

とりあえず、阿倍野にある中華料理店で、夕食をとることにした。

油やソースで汚れたテーブルについて、プラスチックのコップから水を飲む。

数秒間のためらいの後、今泉がしみじみと言った。

「すごかったなあ。あれは」

「まったく、やってられないよ」

「いやいや、泉鏡花の世界でしたよ」

わたしは今泉をにらみつけた。

「なに言ってんだい。鏡花なんかであるものか。外科室にしたって、目撃者の目で語るからいいんであって、当人が、あたしたち、目があっただけで恋に落ちて、そのあと胸に秘め続けてきたんです、なんて言ったら興醒めだよう」

「そりゃあ、そうだな」

米粒のぎらぎらした炒飯と、青菜の炒めもの、かれいの蒸し煮、肉味噌をかけた麵が、テーブルに並ぶ。わたしたちは、まず食欲を優先させることにした。

脂っこい中華料理を大方呑み込んでしまい、食後の茉莉花茶で、口の中の脂を洗う。

今泉は早くも煙草に火をつけている。わたしは少し彼の様子を窺った。奥山清美の話を彼はどのように受けとめたんだろう。

「怪しいのは怪しいんだよね」

ん、というふうに、鼻の頭にしわを寄せる。

「誰のことだ」

「奥山清美だよ」

妄想が高じて、好きな役者の婚約者を殺してしまった。彼が自分を愛していて、婚約者との結婚は意にそまぬものだった、と思いこんでいたとしたら、やりかねない。だが、その考えは現実としっくりこないのだ。

「ぼくもそれには賛成できないな。ああいう単純な妄想の持ち主が、行動に出るとは思えない。大体、ああいう妄想を抱く人間は、心の隅で、自分の考えが妄想に過ぎないことを理解しているもんだよ。具体的な行動に出れば、自分の抱いている世界が壊れてしまう。彼女だって、そんなに確信があるのなら、東京まで小川半四郎に会いに行けばいいじゃないか。そうしないのは、自分の考えが間違っていることを知っているからだ」

「でも、犯人像としては、ぴったりなんだよね。後ろの方にいて、動機もあって、警察には名前も隠していて」

今泉は腕を組んで、考え込んでいた。しばらくの沈黙の後、息を吐くような声でつぶやいた。

「だが、彼女のはずはない。彼女だとしたら、最初から間違っていたことになる、彼女のはずはない」

語尾は空気に溶けるように消えた。


「電話をかけてくるよ」

今泉はそう言って、部屋を出ようとした。

「部屋からかければいいじゃないか」

「いや、この上、電話代まで世話になっちゃ悪いから」

「別に悪かないよ。気にせずかけなよ」

「いいや、東京だし。長電話するかもしれないし」

わたしの制止にかかわらず、彼は部屋を出ていった。一日目から、ずっとこうだ。電話をするときには、必ずわたしを遠ざけている。大体、彼が誰に雇われているのかも、絶対に教えてくれない。何を秘密にすることがあるのだ。わたしは手の上に顎を置いて、少し考え込んだ。

あまり品のいい行動ではないが、こうなったら立ち聞きするしかない。わたしはホテルの浴衣を脱ぎ捨てて、Tシャツとジーンズに着替えた。財布と鍵を摑んで立ち上がる。

今泉に見つかったら、ビールを買いに来た、とでも言えばいい。

安ホテルの廊下の絨毯は、野生動物の背中のように、固く汚れている。足早に歩き、エレベーターを待っていると、背中をぽん、と叩くものがあった。

弟弟子の女形の鈴音《すずね》だった。これから出かけるのか、麻の白い上下でやたらめかしこんでいる。

「姐さん、どっか行くの?」

「いや、ロビーでビール買うだけ」

彼は三角形の顔を曲げてふふふ、と意味深に笑った。

「どうしたのさ」

「いや、姐さんがいい男を引っ張りこんでいるって、噂になっているよ」

わたしはべーと舌を出した。

「よしとくれよう、気持ち悪い。ただの大学の同級生だよう」

「なんだ、つまんない」

わたしは財布で、鈴音の頭を軽く叩いた。

「あんたも夜遊びをたいがいにしないと、後でつけがどんとくるよ」

「今が楽しきゃいいのさ」

「同感だけどね」

一階に着くと、鈴音は手を振って、さっそうと出ていった。ロビーを見回す。今泉の背中は、新聞の自動販売機の陰に見えた。まずいことにビールの自動販売機からは、少し離れているが、しかたがない。わたしは、音を立てずに近づいていって、新聞販売機の陰に隠れた。

「そう、小川半四郎だ。彼の犯行を目撃した者がある」

低い声。わたしは息を呑んだ。

「ああ、だから、彼の身辺を洗いなおしてくれ。そうだ。彼に婚約者を殺す動機があるかどうか、いや、花道だ。花道を使えば犯行は可能だ。いいね。山本《やまもと》くん。多少大胆な手を使ってもかまわない。問題は凶器だ。その日、開演前に、被害者が楽屋に現れたかどうか、それも調べてくれ。凶器は被害者自身が購入したものだから、それを半四郎に渡したはずなんだ」

わたしは、ゆっくりと後ずさるように、今泉の側から離れた。

そのまま、エレベーターで七階の自室まで戻る。

どういうことだろう。彼は奥山清美の言ったことを鵜呑みにしているのだろうか。だが、彼女が少しおかしいことは、わかっているはずじゃないか。

ベッドの冷たいシーツにもぐりこんで、わたしは悶々としていた。

ノックの音がした。無視したいのをこらえてわたしはドアを開けた。

今泉はビールの缶を二本持って、にこやかに立っていた。

「ビール、買ってきたよ」

わたしは返事をせずに、彼を中に入れた。

「なんか、つまみはなかったかな」

なにもなかったような顔をして、自分の鞄を探る今泉の背中を、わたしはぼんやり見ていた。

「葉月屋さんを疑っているのかい」

考えるより先に声が出ていた。今泉はゆっくりと振り向いた。

「どうしてそれを」

「なんで、葉月屋さんを疑うんだい。あんな女の証言を鵜呑みにするなんて、どうかしちまってるよっ」

「そうか。電話を聞いたんだな」

「そんなことどうでもいいよっ。なんで、葉月屋さんを疑うのか、教えておくれよ」

今泉は深呼吸するように息を吐いた。ビールの缶をひとつ開け、わたしに差し出す。わたしは首を振ってそれを拒んだ。

「奥山清美の証言がある」

「あったから、どうだってんだい。あの子の頭がどうかしてるんだよ」

「ぼくはそうは思わない」

「どうしてさ」

今泉はわたしの横に腰を下ろした。

「確かに彼女は少しおかしい。だが、ぼくは以前からそうだったとは考えていないんだ。なぜなら、彼女は今まで、ふつうに働いたり日常生活を営んできたんだから。それに、昨日会った高橋さんは、あんなにはっきりとものを言う女の子だ。もし、彼女に以前から異常があったなら、絶対そう言ってるはずじゃないか。彼女は奥山清美のことを、別におかしいともなんとも言ってなかった。だから、彼女がおかしくなったのは、小川半四郎の殺人を目撃したからだと思うんだ」

わたしは彼を斜め下から、ねめつけた。

「確かに、あんたの言うことにも一理あるよ。でもね、彼女がおかしくなった原因は、すぐ後ろで葉月屋さんの婚約者の死体が発見されたことかもしれないよ。そんな簡単に決めつけられることじゃない」

「そうかもしれない。だが、花道を利用したと考えれば、すべて納得がいくじゃないか。上演中、立った人がいないのも、客席に関係者がいないのも。花道の一番後ろは、よ列まで座っている客の目も届かないし、入口に座っている係員からも、死角になる。そして、河島栄が刺された芝居の前半に、花道を利用するのは、十次郎役の小川半四郎だけだ」

「言っとくけどね。あんたはプロの探偵かもしれないけれど、芝居に関しては素人だよ。花道を利用して、殺人が出来るものか」

わたしは、少し呼吸を整えた。今泉が反論しようとするのを無視して喋り出す。

「いいかい。葉月屋さんの十次郎は、あのとき、いっさんに花道を駆け抜けるんだ。初陣で戦場に赴く、若武者の心を出すためにね。決して速度を落とさない。もちろん危ないから、揚げ幕の向こうにはお弟子さんが、飛び込んでくる十次郎を受けとめるために待っている。おまけに花道の足音は案外響くんだ。花道の途中で客席に飛び降りたりしたら、お弟子さんにもわかるし、客にだってわかる。それに、あんた、あの十次郎の鎧がどのくらいの重さがあるのか知ってるのかい」

今泉は首を振った。

「いいや、知らない」

「十キロだよ。十キロ。そんな重いものを着た相手に、むざむざ殺されるような鈍い人がいたら、一度お目にかかりたいね」

「油断してたらわからないさ」

減らず口め。わたしは続けた。

「それにブンちゃん。あんた以前、凶器には被害者の左手の指紋が発見されたって言ってたけど、他に指紋はなかったのかい」

「ああ、なかったらしい」

「じゃあ、葉月屋さんじゃないよ。十次郎は手甲をしているけど、指はむき出しだ。指紋をつけないなんて無理だし、彼が凶器を手にしたなら、手に塗った白粉がついてしまうはずだ」

「走りながら、すばやく手袋をはめたのかもしれない」

「これだから、素人はいやなんだよ。片手に兜を持ったまま、そんなことができるかい」

とうとう今泉は返事につまった。指先でズボンの生地をねじる。

「その問題点は、いつか解決してみせるさ」

わたしは悲鳴のような声をあげた。

「どうしてそんなに葉月屋さんを犯人にしたがるのさっ」

「どうして小菊は、そんなに彼をかばうんだ」

「ありえないからさ」

いいや、そうじゃない。もし、葉月屋さんにのっぴきならない証拠が出たとしても、わたしは彼をかばうだろう。今泉の仕事を台無しにしたとしても。

わたしと今泉は長いつきあいだ。葉月屋さんとは仕事以外では会うこともない。それでもだ。なぜなら、彼は仲間だから。わたしが指の先まで染まっている歌舞伎の世界の。

いいや、それよりも、歌舞伎にとって、彼は重要なひとつのかけらだ。葉月屋さんひとりがいなくなったとしても、歌舞伎がなくなることはないだろう。でも、彼が演じる義経《よしつね》、塩冶《えんや》判官、与三郎、それから、これから彼が演じるであろう、伊右衛門、河内屋《かわちや》与兵衛《よへえ》、直次郎《なおじろう》。それらを守るためだったら、わたしはなんだってする。

それらは、歌舞伎という枝に咲く、最も美しい華のひとつなのだから。

今泉が苦しげに話し始めた。

「正直に言うと、調べ始める前から、ぼくは小川半四郎がやったと確信してたんだ」

「どうしてさ」

「それは言えない。だが、そう考えれば、物事のつじつまが合うんだ」

「合ってないじゃないか」

「合わせてみせる」

「そんなのってないよっ」

わたしは枕をベッドにたたきつけた。

「じゃあ、なにかい。この捜査は葉月屋さんを犯人にするためのものなのかい。いくら調べても答は一緒なのかい。そんなのってずるいよっ」

今泉は返事をしない。だまって指を組み続けている。

「そんな八百長勝負みたいなものを、あたしは手伝わされていたのかい」

「手伝ってくれと頼んだわけじゃない」

「ああ、そうでしょうよ。どうせあたしがおせっかいだったんでしょうよ。わかったよっ。もう、あんたがなにをしようと、あたしの知ったこっちゃないよっ」

わたしは毛布をめくりあげて、ベッドにもぐりこんだ。毛布を頭の上まで引っ張りあげる。

「明日、朝一番に、ここを出ていっておくれっ」

今泉がため息をつく音が、毛布越しに聞こえた。

「今すぐ出て行けって言わないところが、優しいね」


最初の一刷毛。

水白粉のひんやりとした感触に、身をすくめる。

衿の紅い肌襦袢の胸元をくつろげ、首筋や背中まで刷毛を走らせる。

色の黒い顔に羽二重をあてた様は、どんぐりみたいだねえ、と入門当時、師匠によくからかわれた。

眉を塗りつぶし、鼻筋を白く塗る。桜色に目のまわりをぼかし、スポンジで叩きつけるように、落ちつかせる。

化粧中でも、平気でおしゃべりが出来る役者も多いが、わたしは駄目だ。ねっとりと暗く、それでいて華やかな歌舞伎という神殿へ、足を踏み入れるのだ。これは、みそぎだ。水白粉と紅のみそぎ。おろそかにできるわけがない。

不思議と化粧の手を抜いた日は、出とちりをしたり、黒衣のときにまごついたりするのだ。

水紅で目はりを入れる。目が小さいから、舞台映えするように濃く、大きく。眉には一番神経を遣う。わずかな角度の違いで、顔の印象ががらりと変わるのだ。笹形にふっくらと筆を走らせる。

もう、ふだんの男の顔は鏡に映っていない。白い人形のような女の顔。口紅を唇より、小さめに描いて、出来上がり。

わたしは自分の顔をまじまじと見た。

「気に入らない」

「え」

横で化粧をしていた兄弟子の十三郎《じゆうざぶろう》さんが、こちらを向く。

「今日の出来は、あまり良くない」

「そうかい、別にいつもと同じだよ」

「いいえ、最悪です」

向こうの方から、声だけ飛んでくる。

「小菊ちゃんは、化粧に気を遣うからねえ」

「元が悪いから、人一倍努力しなきゃならないだけだよう」

「よく言うよ」

蹴出しの裾をまくりあげて、足にも白粉を塗る。

十三郎さんがじっとこちらを見ている気配がした。顔をあげると目が合う。

「どうしたんですか」

「化粧がまずいんじゃない。面がまずいんだ」

ずいぶんな言いぐさだ。十三郎さんだって、女形にしては致命的に顔がいかつい。

「生まれつきだから、仕方がないんですよ」

「そうじゃない。あんた、なにかいやなことがあっただろう」

わたしは驚いて、まじまじと、彼を見た。彼は粉白粉を叩きながら、少し笑った。

「そんな、サトリの化け物を見るような顔するなよ。なんでかな。素顔でいるときは隠すことができる、気持ちの迷いなんかも、白塗りをすると、表情に出ちまうんだよ。あんた、ゆうべ、いやな目にあったんじゃないか」

わたしは刷毛を化粧前に投げ出して、立ち上がった。

「廻ってきます」

強烈な自己嫌悪。肩が落ちているのが自分でもわかる。

朝、目覚めると、もう今泉はいなかった。荷物もない。わたしが言った通り、朝一番に出て行ったのだ。気持ちが水を含んだように重くなった。

だからといって、昨日のことを後悔しているわけではない。わたしは自分が間違っていないと思っている。そりゃあ、今泉が手伝え、と言ったわけではないし、勝手に手伝って勝手に怒ったと言われれば反論のしようがない。でも、彼のやり方はひどすぎる。

わたしは師匠の部屋ののれんをくぐった。両手をついておじぎをする。

「おめでとうございます」

師匠は鈴吉に背中を塗らせながら、鏡の中からこちらを見た。

「はい、おめでとうさん」

今日は千秋楽だから、喧嘩をしなくても泊めてあげられるのは今晩までだ。そう思って、気持ちを楽にしようとした。だが、胸の鉛の玉は、少し位置を変えただけで、相変わらずそこにある。

もめごとなんてたくさんだ、といつも思う。本当は誰とも、いさかいなんて起こしたくない。でも、誰かとうまくやるため、思ってもいないことを言ったり、気持ちを偽るわけにもいかないのだ。正しいと思ったことを大事にしてやること、それは自分に対する最低限の礼儀だから。

今泉の、葉月屋さんへの疑惑は、どう考えても理不尽なものだ。

挨拶を終え部屋に戻ると、もう衣装方さんが来ていた。冴えた桜色の腰元の衣装をつけ、帯を胸高に結ぶ。

鬘をつけ、最後に手に白粉を塗る。

もう、わたしは瀬川小菊でもなく、男でもなく、女形ですらない。鏡に映る腰元は、指の股まで白粉を撫でつけながら、大きく息を吸った。

柝の音が楽屋中に響くと、空気に一筋の清涼なものが混じる。

わたしは手鏡を置いて立ち上がった。

楽屋の廊下から見える舞台は、ただ、明るい。

客席のざわめきに耳を澄ましながら、わたしは一歩、足を踏みだした。


その電話が鳴ったのは、見事なほどの丑三つ時だった。

千秋楽の昼夜公演を終え、片づけをすませると、十一時を過ぎていた。飲みに行こう、という中二階の仲間たちの誘いを断って、わたしはホテルに帰った。

苦しい舞台でなくても、千秋楽にはやはり、解放感がある。特に、うちの一門は来月、夏休みである。勉強会の稽古もあるので、丸々休み、というわけにはいかないが、舞台を抱えている月の、二十五日間休みなしの毎日を思うと、天国みたいなものだ。

だが、わたしはといえば、今泉との後味の悪い喧嘩が尾をひいて、素直に夜の街に繰り出す気にもならなかった。

風呂に入り、早々とベッドに潜り込むと、急速に眠気が襲ってくる。疲れていないつもりでも、身体の隅々には、確かに舞台の疲労が蓄積している。

明かりを消さなきゃ、と思ったのは覚えている。だが、わたしは水に沈んでいくように、深い眠りに落ちていった。

次の瞬間、電話のベルが高々と鳴り響いた。飛び起きて、電話を取る。

「あの、今泉さんですか」

わたしは目をこすった。

「夜分遅く申し訳ありません。今泉さんでいらっしゃいますか」

「え、今泉ですか。ちょっと、お待ちを」

隣のベッドに目をやって、わたしは思い出した。今泉はいないのだ。わたしは電話を取った。

「すみません。今泉なら、昨日発ちましたけど」

「東京に帰られたのですか」

「いや、それは知りませんけど」

「ご存じないんですか」

電話の向こうの声はひどく動揺しているようだ。わたしは、何度かまばたきをして、ベッドの上に正座した。

「あの、今泉に急用ですか」

「こちらは東京の川上《かわかみ》病院と申します。実は一時間ほど前、山本公彦《きみひこ》くんという男の子が急患で運ばれてきたんです。どうやら、暴漢に襲われたらしく、頭を怪我しています。彼の身内の方というのが、今泉さんしかいらっしゃらないようでして、ご連絡さしあげたんですが」

わたしは受話器を握りしめた。

「その人、怪我、ひどいんですか」

「後頭部を殴りつけられていますので、精密検査が必要だと思われます」

「今泉のなんに当たる人なんですか」

「従弟だが、助手として働いている、とおっしゃっています」

助手、というと、あの事件を東京で調べていたはずだ。その彼が暴漢に襲われたなんて。

「もしもし、もしもし」

問いかける電話の声でわたしは我に返った。

「あの、そちらの場所と電話番号を教えてください。わたしも心当たりを捜してみます」

「お願いします。これから入院手続きを取りますので」

電話を切った後、わたしはしばらく呆然としていた。どうやって、彼を捜せばいいのだろう。この大阪のどこにいるのか、見当もつかないのだ。

もしかして、東京に帰っていないか。わたしはもらった名刺を取り出して、彼の住居兼事務所に電話をかけた。

アラバマソングをバックに、今泉のぎこちない声が聞こえた。

留守番電話だ。わたしは受話器を置いた。もし、このまま助手が入院することになれば、今泉が事務所に電話をかけても、だれもこのことを教えられない。

わたしは鞄をひっかきまわして、手帳を取りだした。関西に住む共通の友人に、かたっぱしから電話をかけた。

だれも今泉の行方を知らなかった。というより、彼が大阪に来ていることも知らなかった。

わたしはベッドに力なく腰を下ろした。今泉が連絡を取る可能性があるのは、恵比須座の三井さんくらいだ。だが、彼の電話番号なんて知らない。明日、出勤するまで、待つしかないだろう。

時計は午前三時前を指している。

わたしは立ち上がった。

東京に戻ろう。わたしでも役に立てるかもしれない。たとえなにも出来なくても、彼の事務所で留守番をすれば、彼が電話をかけてきたときに、このことを教えられる。

新幹線の始発は五時過ぎからある。今から準備をして、車をつかまえれば、充分間に合うはずだ。

わたしは散らかった荷物を鞄の中に、押し込みはじめた。

三幕目

第一章

朝になっても、なにも変わりはしない。

この二週間ほどの間、わたしと彼は、得体の知れない恐怖に押しつぶされそうだった。夜は夢となり、昼は現実となって、四肢にからみつく不安。口の中に酸っぱい唾液が溜まり、笑うことさえできない。

優さんは相変わらずだった。忘れたことばを思い出させると、それがかき消したように、別のことばが抜け落ちた。名詞だけではなく、動詞や形容詞、数詞までもが、消しごむを使ったように彼の頭から、消えてしまうのだった。

彼は、夜ごと、ひどくうなされていた。首筋に浮いた汗を拭おうとして、ハンカチを近づけただけで、飛び起きた。まるで、刃物を首に突きつけられたかのように。

どうしようもないことで、苦しめられるなんて、神様はあまりにも理不尽だ。わたしたちには、恨む相手も罵倒する対象もない。

ある夜、わたしは突然、優さんを憎んだ。自分でも、勝手な思いだということはわかった。一番苦しいのは、たぶん彼なのだから。でも、その思いは、垂直に射し込む月の光のように、胸の奥までを貫いた。

一瞬だからこそ、激しく。

わたしは、水で戻していた味噌汁の具のわかめを取りだし、包丁で切って、鍋に入れた。もうすぐ、彼が起き出してくるだろう。青い顔で、口を閉ざしたまま。

平凡な幸福なんて、眠っていたようなものだ、と今になって気づく。痛み、というのは、視覚や聴覚に似た、ある種の知覚だ。それでしか探れない部分、というのが確かにあるのだ。わたしは優さんという人を、少しも知らなかったことに、気がついた。今まで、知っていたのは、彼の表面の手触りだけ。人は本当のところ、痛みでしかわかり合えないのかもしれない。

だが、わたしはもう疲れたのだ。

良高に会いたい。ぐつぐつと煮える、鍋の中身を見つめながら、ふと、そう思った。

彼と一緒に、心から笑ったり、じゃれついたりしたい。でも、それは思ってはいけないことだ。わたしはその気持ちを、砂に埋めるように抑えた。

寝室の扉が開く気配がした。わたしはできるだけ明るい声を出した。

「おはよう、遅かったのね。早くしないと遅れるわよ」

返事はなかった。振り向くと、寝室の入口に彼は立っていた。怒っているような、暗い目をして。

「どうしたの、優さん」

彼は黙ったまま、電話の側まで歩いていく。ペンを取って、横のメモ用紙になにかを書き、それをわたしに渡そうとした。

わたしは手を伸ばして、それを受け取った。

そこにはこう書かれていた。

「声が出ない」


「だめよ。だめだったら」

わたしは、出ていこうとする彼の腕にしがみついた。

「休むのよ。今からわたしが劇場に電話するから」

優さんは激しく首を振った。

「大丈夫よ。今月は人が多いから、代役はすぐ見つかるわよ。急だけど、特に大変な場面もないから大丈夫だって」

だが、彼はわたしの腕を振り解こうとした。わたしは声を張り上げた。

「行ってどうするのよ。変な意地張らないでよ。台詞も言えないんでしょう」

今まで、彼にこんな乱暴なことを言ったことはなかった。だが、考えるよりも口が先に出た。

優さんの口だけが動いた。

(なんとかする)

「なんとかってどうするのよ。今まで黙っていたけど、ちっともなんとかなっていないじゃない。それどころか、最悪の事態だわ。子どもみたいにごねている場合じゃない。連絡が遅れれば、遅れるほど、代役の人が困るのよ」

（ぼくが行く）

「いい加減にして。台詞も言えない人が行っても迷惑なだけ。お祖父様の舞台に、大穴をあける気なの」

煮え湯をかけるようなことばだった。彼は、がくりとうなだれた。

「わかったわね。どうなの。わかったわよね」

優さんは、あきらめるようにうなずいた。

わたしは電話の側に走った。時間は九時前、十一時の開演まで、なんとか代役の手配をしなければ。わたしは、彼の実家に電話をかけた。優さんは、三十九度の熱があっても、舞台に立つ人だ。どう、言いわけしようかと思ったが、お義父様は、理由をそれほどつっこんで聞かなかった。

しばらくすると、折り返し、電話がかかってきた。代役は、優さんの従弟の中村芳太郎《よしたろう》さんに決まったので、心配しないで休養するようにという連絡だった。

わたしは電話を切って、深く息をついた。

だが、問題はこれからだ。わたしは、うなだれて座っている、優さんの背中に目をやった。

「優さん、病院に行きましょう」

彼は椅子から飛び上がるように立ち上がった。手を振って拒む。

「だめよ。このまま、元に戻らなかったらどうするの。放っておけるような状態じゃないわ」

（だが、深見屋の名誉に関わる）

「なにを、大時代なことを言ってるのよ。今時、精神病が遺伝するなんて思ってる人はいないわよ。それになんなの。お義父様や、お祖父様、その先代の方々がやってきたことは、貴方が病気になったから駄目になってしまうようなちゃちなものなの。違うでしょう。なにを恐がっているのよ」

自分でも不思議なほど、わたしは気が強くなっていた。これぱっかりは、後へは引かない。絶対に。

わたしはもう彼を愛していないかもしれない。でも、彼の舞台だけは絶対に守り抜いてみせる。

わたしはきっぱりと言いきった。

「離縁されても、わたしは貴方を病院に連れて行きます」


優さんが出した交換条件は、偽名で診察を受ける、ということだった。運悪く、芝居好きの医師に当たらない限り、中村銀弥であることはわからないだろう。カルテに残った名も偽名であったら、中村銀弥が病気になったという証拠は残らない。

わたしは車の中で、彼の肩を支えて、慰めるように言った。

「大丈夫よ。案外、大したことなくて、けろりと治ってしまうかもしれない。相手は専門家だもの。楽にかまえてればいいわよ」

優さんは、苦しげに微笑んで、わたしの肩に顔を押しつけた。

病院ではひどく待たされた。紹介状もなく、保険証も持たない患者として、怪しまれたのかもしれない。カルテには、手塚太郎《てづかたろう》という名を書いた。清潔だが、薬臭い待合室で、優さんは、子どものようにわたしの肩にもたれていた。なにかに耐えるように、歯を食いしばりながら。

「手塚さん」

偽名が、呼ばれた。わたしは立ち上がった。強い力でぐい、と手が引かれる。

「優さん」

彼は立とうとはしなかった。目を見開いて、わたしの顔をじっと見つめて。

おびえているのだ。まるで、注射を恐れる子どものように。

「優さん、だめよ、行かなくちゃ」

汗ばんだ掌を握って、わたしは彼に言い聞かせた。

「手塚さん、いらっしゃらないんですか。手塚さん」

優さんは、わたしのブラウスの肩を握りしめた。かぶりを振りながら、顔をわたしの胸に押しつける。

わたしは思わず、彼の頭を抱いた。男性にしては薄い体臭。汗に濡れた髪。

おびえているのだ。でも、いったいなにに。

「お願い、言うことを聞いて。大丈夫だから、大丈夫だから」

彼の唇が、ゆっくりと動く。

（こんな大きな病院じゃだめだ。もっと、小さな。患者が少なそうな）

「手塚さん。いらっしゃらないんですか」

看護婦は、軽く舌打ちをして、中に引っ込んだ。

優さん。貴方はいったい、なにを恐れているの。

彼は安心したように、ぐったりと椅子に倒れこんだ。


わたしは電話帳を繰って、精神科の開業医を探した。思ったより少ない。ふと、視線がカウンセラーという項目に行く。

こちらの方が適当かもしれない。横に立った優さんの肩をつついて、その文字を指さしてみせた。

無意識に、わたし自身もことばを使わないようにしていることに気づき、苦笑する。優さんは、その文字をのぞき込んで、軽く、うなずいた。

電話をかける。何軒か「予約が必要だから」と断られた。医師なのか、美容院なのか、わからない。数件目に、同じことを言われ、わたしは思わず口走った。

「急患なんです」

電話の向こうは一瞬口ごもった。後悔したが、後の祭だ。

その男性は低い声で言った。

「わたしも何年もカウンセリングをやっていますが、急患は初めてです。わかりました。すぐお越しください」

場所を聞いて、車で乗り付ける。車を降りた瞬間、わたしはまた、後悔をした。そこはパチンコ屋の二階だった。ガラス窓に、テープを貼ったような文字で、「向井《むかい》クリニック」と書いてある。その文字の、人を馬鹿にしたようなたたずまいに、思わず帰りたくなる。

だが、今度は優さんが、わたしの手を引くようにして、中に入ろうとする。ふと、思った。この人は本当に治りたいのだろうか。ふつうの考えを持った人なら、こんな場所を避けるだろうに。

汚れた階段を昇り、扉を開ける。いきなり診察室らしい場所に入った。

白いカーテンの陰から、白衣を着た人が出てきた。童顔のやんちゃ坊主のような顔をした若い男だった。

「貴方が、急患ですか」

わたしは不承不承うなずいた。

「あの、先生は」

「ぼくです」

絶句した。まだ、学校を出たばかりのような青年ではないか。わたしはなんとか、気を取り直した。

「お忙しいのに、申し訳ありません」

「いえ、今日は患者さん、ひとりも来ないんですよ」

「でも、予約が必要って」

「待合室がないので、急に来られると困るだけです」

わたしは優さんの顔を窺った。彼はさっきとうって変わった穏やかな顔をしている。もしかすると、こんな場所にこそ名医がいるかもしれない。わたしは考え直して診てもらうことにした。

「ええと、患者さんは貴方ですね」

彼は優さんの目をのぞき込むようにした。

わたしは説明した。

「ことばを忘れるんです。十日ほど前から。少しずつ。今日になって、声が出なくなったって」

彼は妙な顔をして、わたしを見た。そのまま視線を優さんに移す。

「本当ですか」

優さんは恨めしげにうなずいた。

彼は引き出しを探って、筆談用らしい紙と鉛筆を取り出した。

「ええと、奥さんですね」

「そうです」

「すみませんけれど、外に出ていてくださいませんか」

わたしは、言われた通り、薄汚れた廊下へと出た。

蠅が数匹、円を描くように飛んでいる。日当たりが悪く、それでいて蒸し暑い場所。汗が吹き出てたまらないのに、ひどく悪寒がした。わたしは自分自身を抱きしめるように、腕を交差させた。

乱れた髪が頬にかかっている。身繕いをする暇さえなかった。さぞ、みっともない姿だろう。じわじわと遠火であぶられるようだった。こんな時間が終わるときが来るのだろうか。優さんはことばを取り戻すことが、できるのだろうか。そうして、そうなったとき、わたしたちは元に戻れるのだろうか。

泉が言ったことばを思い出す。

(決めるしかないのよ。迷おうが、悩もうが、決めるしかないのよ)

だが、もうわたしは、自分がどうしたいのかさえも、わからなくなってしまったのだ。

わたしは、窓の側に行って、下を見おろした。薄暗い路地。置き捨てられた自転車。積み上げられた空箱。

雨が降ればいい。ふと、思う。

雨が降れば少しは楽になるだろう。道も濡れ、自転車も濡れ、空箱も濡れる。うんと、たくさん、雨が降るといい。

診察室の扉が開いた。先ほどのカウンセラーが立っていた。彼はわたしの横まで来て、窓から外を見た。

「あの、どうなんですか」

理性がなければ張り倒しているところだ。彼はわたしの方を向いた。

「わかりません」

「奥さん。精神分析は、レントゲンを撮るようにはいかないんですよ。患者さんから、いろいろ話を聞いて、その中からかすかな手がかりを見つけて、掘り下げる。地道な作業なんです。貴方の旦那さんのように、嘘ばかりつかれてはできません」

「嘘、嘘なんですか」

「ええ、嘘ばっかりだ。旦那さん、ふつうの会社員なんかじゃないでしょう。上司との確執に悩んでいるなんて、全部嘘でしょう」

わたしは答に困った。優さんの気持ちもわかるから。

「そうだな。たぶん芸術家だ。そうでしょう。それとも、役者?」

わたしはあわてて首を振った。

「いいえ、違います。会社員です」

彼はあきれたようにため息をついた。

「なにか深いものを抱えているのは、わかる。だが、嘘が煙幕の役割をはたして、全貌が見えないんです。奥さんまでが、嘘をつかれるなら仕方がない。お引き取りください」

「あの」

「なんですか」

診察室に戻ろうとしていた男は振り向いた。

「ことばを忘れるというのも、嘘なんですか。声が出ないというのも」

「それまで嘘だったら、かえって話が早い。そうじゃないから、問題なんです。職業柄、嘘を見抜くのには慣れています」

「それじゃあ、それは」

「たぶん、精神的に強い外圧がかかり、内面ではそれに逆らい、そののっぴきならない部分が、ことばを忘れるという症状に出たのだとは、思いますが。下手をすると取り返しのつかないことになるかもしれないですよ」

「取り返しがつかないって」

「ふつうの生活が営めなくなるかもしれない」

後頭部を鈍器で殴られるような衝撃だった。優さんが、廃人になる。あの人が、舞台に立てなくなる。そんなことが。わたしは、しびれたようになった口を開いた。

「実は。あの人」

とたんに、扉が開いた。優さんが立っていた。カウンセラーを押し退けるようにわたしに近づき、腕を引いて、立ち去ろうとする。

「優さん。だめよ。このままだと舞台に立てなくなるかもしれないのよ」

だが、彼は手を離そうとしない。皮膚が白くなるほど、きつくわたしの腕を摑む。

カウンセラーはなんにも言おうとしない。観察するように、優さんの顔をじっと見ている。

「優さん。優さんってば」

とたんに頬に、弾けるような痛みが走る。しばらくはなにが起こったのかわからなかった。優さんがわたしに手をあげたことなど、一度もなかったのだから。

呆然としているわたしの手を引いて、優さんは階段を降りた。

大通りに出て、彼は車をつかまえるために手をあげた。運良く、すぐに来たタクシーに乗り込む。

わたしは、もうなにも言いたくなかった。彼はいったい、どういうつもりなのだろう。あれほど、美しく才能に恵まれた役者である彼が、このまま、舞台に立てなくなり、気が狂ってしまう。わたしでさえ、思うだけで耐えられない。だのに、彼はこのまま、自分が狂っていくのをそのままにするつもりなのだろうか。

わたしはふと、伝説の名女形、三世沢村《さわむら》田《た》之《の》助《すけ》のことを思った。

十六歳の若さで立女形になりながら、二十三歳で脱疽に取り付かれ、両手両足を失っても、執念深く舞台に立ち続けた女形。彼の最期は、座敷牢で狂死という無惨なものだった。

優さん、あなたはいったい、どこへ行こうとしているんだろう。


家に帰ってしばらくすると、玄関のチャイムがせっかちに鳴った。

こんな鳴らし方をする人は、たったひとり、お義父様である。優さんは、あわてて寝室へ飛んで行き、わたしは少し気持ちを落ちつけてから、ドアを開けた。

「あら、お義父様、わざわざすみません」

彼は、家の近所の洋菓子店の箱を持っていた。中身はきっと、優さんの好きなプリンだ。父にとっては、息子はいつまでも息子なのだろう。

「優の様子はどうですか。一子さん」

お義父様は箱をわたしに渡すと、靴を脱いだ。

「最近疲れているようで、少し心配していたら案の定だ。体調管理も役者の仕事の内なのに」

ぶつぶつ言いながら、部屋にあがる。

「で、優はどんな様子なんですか」

わたしは少し口ごもった。

「熱があって、それで」

隠しきれることではない。

「声が出ないんです。熱はもう、落ちついたみたいなんですけど、声が、まだ」

「ああ、疲労がたまるとよくありますよ。医者には行ったんでしょう。点滴は？」

「あ、いいえ」

「点滴を射つといい。まだ、声はだめなんですか」

「ええ」

「なら、芳太郎もよくやってくれているし、まあ、あと二日間は気を遣わずに休むといい。優は奥ですか」

お義父様はひょいひょいと奥に入って行った。わたしはとりあえず、胸をなで下ろした。

お義父様はすぐに、寝室から出てきた。

「眠っているようですね。まあ、気を楽にして休むように、言っておいてください」

わたしは頭を下げた。

「すみません。わたしがついていながらこんなことになって」

「なに、貴方が気にすることじゃない。生身なんだから、倒れることもありますよ。気にしてたら、役者の妻はつとまらない」

「でも、芳太郎さんにもご迷惑をかけて」

「なあに、あいつだったら小万ができるってんで、万歳して喜んでますよ。優だって、いろんな代役をして、ここまで来たんだから」

そこまで言って、お義父様は顔を曇らせた。

「ただ、三日で快復しないようだったら、早く連絡を下さい。芳太郎を本役にしなきゃならないかもしれない」

テレビに暗い画像が映る。

優さんは、目を見開いて、それを凝視している。

東海道四谷怪談のビデオ。瀬川菊花さんのお岩様に、岩井粂之丞さんの伊右衛門。優さんが、何度も繰り返し、見ているものだ。

お岩　わたしの顔つきが、よいか悪いか知らねども、気持はやっぱり同じ事。どうで死ぬでござんしょう。死ぬる命は惜しまねど、生まれたあの子が一しお不便《ふびん》で、わたしゃ迷うでござんしょう。モシ、こちの人、お前、わたしが死んだなら、よもや当分、

伊右　持って見せるの。

お岩　エ、。

伊右　女房ならばすぐに持つ。しかも立派な女房を、おらア持つ気だ。持ったらどうする。世間にいくらも手本があるわえ。

トずっけり言う。お岩、呆れし思入れ。

お岩　コレ、伊右衛門どの、常からお前は、情を知らぬ邪慳な生まれ。そういうお方を合点で、添うているのも、

伊右　親の敵討ちを頼む気か。コレ、否《いや》だ。いまどき親の敵も、あんまり古風だ。よしにしやれ。おれは否だ。助太刀しようと受け合ったが、否になった。

お岩　エ、、そんなら今更、アノお前は。

伊右　オ、、否になった。否ならどうする。それで気にいらずば、この内を出て行けよ。

ほかの亭主を持って、助太刀をしてもらうがいゝ。これぱかりは否だの。

この芝居で一番恐ろしい場面は、お岩様の髪すきでもなく、戸板返しでもなく、まさにここだ。伊《い》藤喜《とうき》兵《へ》衛《え》に唆されて、お岩様を裏切ることを決意した伊右衛門が、酔って戻ってきて、彼女をいたぶる。理由のない、それでいて神経を逆なでするような、陰湿なことばや暴力。伊右衛門が泥酔している型もあるが、粂之丞さんは、素面の演出で、この場面を演じる。むき出しの悪意。傷つけるためだけに、伊右衛門はお岩様に絡む。だが、この場面がひどく官能的なのはなぜだろう。

伊右 構わぬというかわりには、敵討ちを頼むのか。品によったら、餓鬼まで出来た女房だから、助けてもやろうが、知っての通り、工面が悪い。コレ、何ぞ貸してくれろ。急にいる事がある。と言って何も質草が、

トあたりを見廻して、落ちてある櫛を見て、

コレ、これを借りよう。

ト取り上げる手に縋りつき、

お岩 ア、そりゃ母《かゝ》さんの形見の櫛、ほかへやっては、

伊右 ならねえのか。コレ、ありようはナ、おれが色の女に、平常《ふだん》差す櫛がない。買ってくれと言うから、これをやろうと思うが、悪いか。

お岩　こればッかりは、どうぞ免《ゆる》して。

伊右　そんなら櫛を買うだけの物を貸せ。まだその上にナ、おれも今夜は身の廻りがいるから、入替え物でも工面せねばならぬ。何ぞ貸せ。サア、早く貸しゃアがれ。

ト手荒く突き飛ばす。お岩、是非もないという思入れ。

お岩　何と言うても品は無し、いっそわたしが。

ト着る物を脱ぎ、下着になり、

病気ながらもお前の頼み。サア、これ持って行かしゃんせ。

トさし出す。伊右衛門取って、よく〳〵見て、

伊右　これじゃア足りねえ。もっと貸してくれろ。何もねえか。ア、、何ぞ持ってゆくものが。

ト上手に吊ってある蚊帳をみて、

オ、、よい物があらア、これがい、〳〵。

ト駈け寄って、吊ってある蚊帳をはずし、持って行こうとする。お岩、びっくりして縋りつき、

お岩　ア、モシ、この蚊帳がないとナ、あの子が夜一夜、蚊にせ、られて、

ト取りつく。

伊右　蚊が食わば親の役だ、追ってやれサ。

お岩　それじゃというて、あんまりでござりますわいなア。

ト取りついて泣く。

伊右　エヽ、放しゃアがれ。
お岩　どうぞ堪忍して下さんせいなア。
伊右　放せ〳〵。エヽ、放しゃアがれ。
ト手荒く引ッたくる。お岩、これに引かれ、タジ〳〵となり、蚊帳に取りついたまゝ、無理に引き離され、指の爪を剝がし、手先は血だらけになり、撞《どう》となる。

眠っていたライチがびくん、と飛び起きた。そのまま尻尾を膨らませて、低く唸る。わたしは、ライチが見ている方に、目をやった。だが、そこにはライチを怒らせるようなものは、なにもなかった。

「どうしたの、ライチ。ねえ」

毛を逆立てて唸り続ける。いったい、なにを見ているのだ。背筋に冷たいものが走るのを感じ、わたしは立ち上がった。

「戸締まり、見てくるわ」

玄関の鍵を確かめ、台所の窓を閉める。雑巾が干したままだったことに気づき、ベランダに出た。

物干しごと取り込もうとして、わたしは凍り付いた。

窓の下に見覚えのある車が止まっていた。そして、その横に立っているのは。

良高。

わたしは、部屋に飛び込んだ。鍵をかけ、引きむしるほど乱暴に、カーテンを閉める。

鈍い緑のカーテンを摑んだまま、わたしは動揺していた。

来てはいけないのだ。良高は来るべきではないのだ。こんなところまで。

なぜなら、わたしは彼に会いたいのだから。

今朝も思ったのだ。だれよりも、彼に会いたいと。

だから、彼は来てはいけない。

カーテンを握りしめて、わたしは憎んだ。良高を、優さんを、そして自分自身を。

気持ちを鎮めるため、水を一杯飲む。

額に滲んだ汗を、拭い、わたしは居間に戻った。

かすかに、声が聞こえたような気がした。

わたしは扉を開けた。

優さんは、まだビデオに見入っていた。だが、ビデオの音声と重なっているのは、彼の声だった。

「今をも知れぬこの岩が、死なばまさしくその娘、祝言するはこれ眼前。ただ恨めしいは伊右衛門どの、喜兵衛一家の者どもも、なに安穏に、おくべきか。思えば思えば、エエ、恨めしい」

ひゅうひゅうと息の混じって割れた、ぎこちない声だったけれども、それは確かに彼の声だった。

「優さん」

彼はゆっくりと、振り向いた。

「声、声が出るようになったの」

「え」

彼は初めて気づいたようにまっすぐわたしを見た。

「本当、本当だ」

たぶん、ビデオに夢中で思わず自分でも台詞をつぶやいていたのだろう。わたしはその場にぺたりと座り込んだ。

「よかった、よかった」

目を手の甲でこする。

重い気持ちが、空気が抜けるように楽になっていく。

楽観的な考えかもしれない。でも、わたしは思った。たぶん、今がどん底だ。これからは這い上がるだけ。

わたしは、窓の外に立っている良高のことを少し考えた。

ごめんなさい。でも、わたしはまだ貴方に会わない。優さんを、いいえ、中村銀弥を、田之助と同じ運命にはさせない。

決めるのはそれからだ。

第二章

その病院に着いたのは、九時を少しまわったころだった。

気持ちがささくれて、新幹線の中でも眠れなかった。午前中の光、さわやかな顔をした勤め人たちが歩いているのに、わたしの身体には泥水がつまっているみたいだ。

ゆうべはほとんど眠っていないから、仕方がない。わたしは、その病院の受付に、ボストンバッグをどすん、と置いた。

「すみません。ゆうべ入院した山本さんという人」

「あ、はい二〇五号室です」

受付のえくぼのある看護婦さんは、丁寧に場所を教えてくれた。

ぼろきれのような身体で階段を昇る。やっぱり人間は、眠るたび新しくなるのに違いない。わたしだけ、昨日からのお古を引きずっている。みっともなくて、いやになる。

二〇五号室は、運悪く大部屋だった。わたしは、部屋の外に立って、ぐるりと室内を見回した。

入口付近のベッドで寝ている老人が、訝しげにわたしを見る。他には、腕にギプスをした人や、足を天井から吊られた男、背骨をどうにかしたのか、胴体にきつく包帯を巻いた人などが、いる。頭に包帯を巻いた男もいるが、どうみても四十過ぎなので、今泉の助手のはずはない。

きょときょととしているわたしを怪しんだのか、さっきの老人が声をかけた。

「なにか用かね」

「あの、ゆうべ入院した山本という」

「おお、あの兄ちゃんの身内かい。今は検査に行っているはずだ。ベッドはここだ」

老人は、自分の横のベッドを指さした。確かにそのベッドは、空きベッドにしては乱れていた。わたしは、入口の横に畳んで置いてあるパイプ椅子を持ってきて、老人とそのベッドの間に座った。

おそるおそる尋ねる。

「あの、彼は重傷みたいでしたか？」

老人は強く鼻を鳴らした。

「ああいうのを重傷というなら、おれはもう死んでいる。朝食のとき、おれが残したバナナまで、たいらげやがった」

向かいのベッドの、足ギプスの若い男が笑った。

「このじいさん、朝食を残して、看護婦のえっちゃんに心配してもらうのが楽しみなんだよ」

「うるさい。大きなお世話だ」

「はあ、どうもすみませんでした」

別に謝る必要もないのだが、思わず謝ってしまった。老人も変に思ったらしく、目を剝いて笑った。

「あんたが謝ることはない。それとも、なにか、あんたがおれのバナナを食べるように唆したのか」

「いえいえ、そんな」

どうやら助手、山本の容態は、それほど悪いものでもなさそうだ。安心すると同時に、眠気が怒濤のように襲ってきた。

わたしはシーツに頰を押しつけて、うとうととまどろみだした。

眠ってはいけない。眠ってはいけない、と思いつつ、わたしはずるずると、深い眠りに落ちていった。中途半端な眠りは、麻薬のように気持ちがいい。

夢とうつつが互いに絡み合う。午前中の日差しが、優しく背を焼いた。

夢の中に現れたのは、白井《しらい》権八《ごんぱち》だ。怪我をしているらしく包帯を巻いている。わたしの肩をつついて、顔をのぞき込む。わたしは小紫《こむらさき》ではないから、権八に用はない。ただ、とにかく、眠いだけだ。

「もしもし、もしもし」

がばり、と起きる。目の前に、包帯を巻いた十七、八の男の子が立っていた。事態を思い出すのに、少し時間がかかった。

「兄ちゃん。この人、知り合いじゃないのかい」

「いいえ、知らない人ですよ」

「なんだ、じゃあ、何者だ」

思い出した。山本くんだ。今泉の助手だ。

「山本くんだねっ」

「はあ、そうですが」

「あたしゃ、瀬川といってね。今泉の友人で」

「あー」

山本少年が頓狂な声をあげた。

「小菊さんですか。はじめまして。先生から噂は聞いています」

「いえいえ、こちらこそ、はじめまして」

山本少年はもそもそと、ベッドの中に這いこんだ。

「先生は、まだ、関西なんですか」

「それがねえ」

わたしは事情を説明した。

「じゃあ、小菊さん、わざわざ大阪から飛んで来てくれたんですか」

「いや、どうせ、今日帰る予定だったしさ」

「すみません。ご心配をかけて」

育ちが良く、素直そうな男の子だった。古風で引き締まったいい顔をしている。役者に勧誘したくなるほどだ。白井権八を夢に見たのも無理はない。

「とにかく、大したことなさそうで、安心したよ」

「ありがとうございます。ところで小菊さん」

「なんだい」

「白井さんって、お知り合いですか」

どうやら寝言を言ったらしい。


山本少年は、午後からも検査らしい。昼食を終えると、また看護婦さんに連れられて行ってしまった。わたしはやっと、朝からなにも食べていないことを思い出した。

病院の地下の食堂に行き、きつねうどんを食べた。少し眠ったせいで、かなり身体が楽になっている。

苦い水道水を飲みながら考える。

昼食の食べっぷりを見ても、山本少年の容態は、それほど心配することもないはずだ。それでも、今泉には連絡を取っておいたほうが、いいには違いない。

彼が襲われた理由は、事件に関係があるかもしれないのだ。そこまで思って、少し嫌な気分になった。

彼が襲われたのは、事件の核心に近づいたからではないか。だが、山本少年が昨日、調べていたのは。

葉月屋さんの動機。

わたしは馬鹿な考えを投げ捨てると、立ち上がった。

とりあえず、恵比須座の事務所に電話をかける。三井さんに聞くと、今泉はすでに客のリストを取りにきていた。一足違いで、帰ってしまったらしい。

わたしは、なぜ、もっと早く電話しなかったのか悔やんだ。

念のため、三井さんに訳を話して、今泉から連絡があったら、伝えてもらうようにする。

病室に戻って、主のいないベッドに腰を下ろした。

山本少年の頭に巻かれた、痛々しい包帯を思い出す。実際には、それほど大事にはならなかった。けれど、襲われたのは頭だ。下手をすると、大変なことになったかもしれないのだ。

「あんた、歌舞伎役者さんだろ」

急に声をかけられた。振り向くとさっきのご老体が、黄色い歯を見せて笑っている。

「ええ、どうしてわかるんですか」

「先ほど自己紹介していただろう。瀬川なんとかって。名前からすると、瀬川菊花の弟子だ。そのことば遣いは、おやまだろう」

「お察しの通り、おんながたです」

おやまなんて下品な言い方をされるのは心外だ。だが、関心を持ってくれたのがうれしく、わたしは笑顔を作った。

「おれもよく、芝居を見る。琴平《ことひら》の出身だ」

「あら、じゃあこんぴらさんの」

「そう。とっくに定年になったんだが、田舎に帰る気はない。おれの生きがいは、野球と芝居だ。残り少ない人生は東京で過ごす」

「お幾つですか」

「七十二だ」

「まだまだ、現役ですよ。特にうちの世界ではね」

「おお、そうだったな」

彼は身体を揺すらせて、せき込むように笑った。


どうやら山本少年は、本日ご帰館がかなうらしい。

「毎日、通院しなきゃならないって言われましたけど」

検査の結果、異常は見受けられなかったという。ひとまずは安心だ。

歩いて帰ると言い張る山本を、無理矢理タクシーに押し込んだ。

「なにからなにまでお世話になって、すみません」

「いいんだよ。あたしゃ、がきの遠慮は大嫌いなんだ」

「そんなに子どもじゃないですよ」

「がきほど、がきじゃないって言い張るんだ」

車は小さく角を曲がった。山本は首をぐいと曲げて、外を見た。

「ここで、殴られたんです」

大通りから、少し入った道。街灯が少ないから、夜は真っ暗になるだろう。

「駅からつけられているような、気がしたんですが。気のせいかなって、今思うと不注意でした。耳もとで、この件から手を退けって声がして、その後もみ合いになって、その電柱に頭を打ちつけられたんです」

「どんな奴だったんだい」

「暗いから、顔は見えませんでした。でも、あの気配は絶対男です。背はぼくよりも、少し低かった」

「それだけじゃ、参考にならないねえ」

「頭、禿げてました」

「え」

「もみ合う拍子に、頭に触ったんです。髪がなくて地肌でした」

「と、すると、少し年輩のひとだろうね」

「だと、思います。それと、特徴と言えるのかわからないけど、ぼく、そいつの腕にかみついたんです」

「腕に怪我をしてるはずだね」

「ええ、血が出て、歯に骨がごりごり当たったんで、そう簡単に治らないと思いますよ」

わたしは、平然と言う山本の顔を、あきれて見た。

「そういうのって、過剰防衛じゃないのかい」

むくれて口をふくらます。

「でも、そいつ、だから逃げてったんですよ。そうじゃなかったら、殺されたかもしれない」

彼らの住居兼事務所がある、白い壁のそっけないビルに、車を横付けする。

山本は軽い足取りで階段を昇り、郵便受けを覗いた。二、三段下に立つ、わたしを見おろした。

「去年、ここで事件があったんです」

「このビルでかい」

「ここに住んでた女の子が殺されたんです。それから先生、本気で探偵をすることにしたんですよ」

「ブンちゃんが解決したのかい」

「誰が解決するかに、意味はない。真実はずっと前からそこにある。ぼくはただ、見ているだけだ。先生はそう言ってましたよ」

「その割に今回はやけに張り切ってるじゃないか」

彼はさわやかな声で笑った。

「今回は謝礼が絡んでるんです。ぼくたちも食べなきゃならないし。さあ、どうぞ、散らかっていますけど」

扉を開けて、中に入る。本当は、彼を送り届けたら、もう帰るつもりだった。だが、中の状況を見て、瞬時に気が変わった。

「なんだい、本当に散らかってるね」

本やら衣服やらは、隅の方に積み上げてある。流しには、汚れものが山のようになっていた。

「これでも、二、三日前に掃除をしたんですけど」

「そんなの、掃除の内に入らないよっ。こら、少年。あんたは寝てな。少し片づけてってあげるよ」

「でも、そこまでお世話になったら」

「がきは遠慮するなって言っただろ」

山本は苦笑しながら、やかんを火にかけた。

「でも、先生より、ぼくの方が少しはきれい好きなんですけど」

「そりゃあ、そうだろう。学生時代のブンちゃんの下宿なんて、ひどいもんだったよ。茶を入れてもらったら、油が浮いてるんだよ。なんでだと思う」

山本は当たり前のように答えた。

「やかんでインスタントラーメンを作ったんでしょう」

「もしかして、まだやってるのかい」

「ぼくが目を離すと」

人間、十年くらいでは進歩しないものである。

山本少年はお茶を淹れると、わたしの向かいに腰を下ろした。

「小菊さんは、先生の大学の同級生だったんでしょう。なぜ、歌舞伎役者になったんですか」

わたしはちょっと笑った。昔のことを思い出すのは好きじゃない。あまりにも、いろんな気持ちが詰まりすぎている。

「好きだったんだよ。あの華やかで、古くさい世界がね。それで、大学で研究しようと思ったんだ。そしたら、研修所ってのがあって、誰でも役者になれるって言うじゃないか。なりふりかまわず飛び込んでしまったよ。お笑い草だけど、そのときは自分にも主役が張れると思ってた。歌舞伎役者になるってことは、自分が蘭平《らんぺい》や、富樫《とがし》を演じることだと思ってたんだ」

山本は真剣な顔をして聞いている。

「その間違いには、すぐに気づいた。三階はいつまでたっても三階だ。主役を張る御曹司は、次々と育ってくる。わたしたちに日の当たるときは、いつまでも来ない」

「いやな世界ですね」

「あたしもそう思ったよ。何度もやめようと思った。この舞台が終われば足を洗おう。いや、この次の舞台。それとも、その次の。来る役はみんな、腰元か仲居。台詞が貰えりゃ御の字だ。でも、やめられなかった」

そう、暗い劇場に響く柝の音。楽屋に充満する、白粉の香。幕が開く前の、全身の血が逆流するような震え。自分の声が劇場に響くときの、胸の高鳴り。

捨てることはできない。捨てればわたしは、抜け殻になる。

「そうして、そのうち気づいたんだ。台詞がない役が一番下で、台詞や見せ場が多いほど上だって、誰が決めたんだろう。そんなのは、ただの錯覚じゃないかってね。ただ、並んでいるだけの腰元だからって、誰でもできるわけじゃない。立ち居ふるまいや、匂いが違うんだ。素人がやっても、少しも腰元らしくならない。そして、腰元が腰元らしくなかったら、お姫様が映えるわけがない。あたしたちは土台なんだ。あたしたちが、しっかり支えていない限り、歌舞伎は滅びちまうんだ。それからは、迷いは消えたよ」

わたしは、すっかりぬるくなった茶をすすった。山本少年は、不服そうにしている。

「どうしたんだい」

「でも、家柄で主役が決められちゃうなんて、やっぱり不公平だな」

わたしは、窓の外に目をやった。水彩えのぐでなぞったような、夕映え。

「じゃあ、他の世の中は公平かい」

山本は答に詰まった。賢い子だ。

「成功するのは、必ず努力した人なのかい。生まれつきの容姿や、頭の良さは関係ないのかい。同じくらい才能があっても、成功する人と、しない人がいるのはなぜなのかい。そもそも、才能や運の配分さえ、公平に行われていないよ。神様なんて、不公平なもんさ。世の中は不公平すぎて、公平だよ」

考え込んでしまった山本少年の肩を、ぽんと叩いた。

「まあ、いいさ。遅くなったから晩ご飯を作ってあげるよ。材料はなにがある」

山本は冷蔵庫を覗きに行った。

「あ、鶏肉があります。親子丼を作ろうと思って、買ったんです。ええと、あとは卵とか、牛乳とか」

「野菜は他にないのかい」

「じゃがいもと玉葱は腐ってないと思うけど」

目を覆いたくなるような食生活だ。

「まったく、これだから男はいやなんだよ」

山本少年は、包帯の下の目を見開いてわたしを見た。

「小菊さん、それ、よく考えるとすごい台詞ですね」

買い物に行くのも面倒なので、ある材料でポテトグラタンでも作ることにする。山本少年は、かわいそうなくらい喜んだ。

「そんなまともなもの、しばらく食べてないです」

「あんた、早くお嫁さんでも貰ったら」

「それを言うなら、先生が先ですよ」

手入れの悪い包丁で、苦労して玉葱を切りながら、山本に聞いた。

「ブンちゃん、相変わらず女にもてるかい」

「もてます。本人はあまり気づいてないみたいですけどね。以前からなんですか」

「ああ、なんでだろうね。あの頼りなさそうなところが、母性本能をくすぐるのかねえ」

「知的に見えるんじゃないですか」

わたしは、小麦粉とバターを鍋にかけた。思い出し笑いをする。

「学生時代ね。ゼミで、各自の発表があったんだよ。ブンちゃんの番の時、ファンの女の子も隠れて見に来たりして、教室がいっぱいになってね。衆人環視の中、彼、なにについて発表したと思う?」

「わかりません」

「春画だよ、春画。スライドで大写しにして淡々と、ええ、これは歌麿《うたまろ》の、とかやったんだ」

山本は胸を押さえて苦しげに大笑いした。

「その日でファンクラブは解散だよ。ブンちゃんは、なぜかわからなかったみたいだけど」

「先生らしいな。自分ではちっともおかしいと思ってないんでしょう」

「研究書が少ないから、これは行けると思ったらしいよ。なんで、女の子に嫌われたんだろう、なんて言ってたよ」

わたしはそこまでで、喋るのをやめた。炒めた小麦粉に牛乳を混ぜて、ホワイトソースを作る。木杓子でかき混ぜながら、適温に温めた牛乳を入れるのだ。

ドアのチャイムが鳴った。

「あ、ぼく出ます」

山本が玄関に行く気配がした。わたしは目を見開いて、少しずつ、牛乳を小麦粉の鍋に垂らす。注意深く、混ぜていかないと、だまになってしまうのだ。

後ろに誰かが立つ気配がした。

「小菊」

どぼ。

「きゃあああっ」

苦労も空しく、鍋には牛乳が半分ほど入ってしまった。

「すごい。悲鳴まで女になっている」

わたしは鬼女のような形相で、振り向いた。

そこには今泉が、当たり前のような顔をして、立っていた。

「あんたねえ。どうして、これ以上はないってくらい、最悪のタイミングで声をかけるのよっ」

「悪気はなかったんだ。許してくれ」

わたしは過ちを取り返そうと、木杓子で鍋の中をつつきまわした。だが、ホワイトソースは、無惨にべとべとになっていた。

「あああ、運命って残酷だわあ」

「そんな大げさに言わなくても」

今泉は自分のせいじゃないような顔をして、言っている。

「小菊さん、ぼくたちなんでも食べるから平気ですよ」

山本少年のけなげなことばに、気を取り直す。

「そうだ。どんなにまずくても、食う」

「あんたに食べさせるため、作ったんじゃないよっ」

今泉は動じず、笑って奥に入っていった。

ホワイトソースは、その後、裏ごしというプロセスを踏むことによって、華々しく食卓に登場した。

わたしは山本少年の皿に、グラタンを取り分けてやった。今泉も皿を差し出す。

「あんたは自分で取りなっ」

「小菊、それは小学生のいじめと変わらないぞ」

「ふんだ」

今泉はあきらめたらしく、自分でグラタンの器を引き寄せた。

「それにしても、山本くん。大したことなくて本当によかった」

今泉はちょっと微妙な表情をした。

「山本くん、昨日はどこに行っていたんだ」

「歌舞伎座です。小川半四郎さんのお弟子さんに、話を聞いていたんです」

わたしは、卵と玉葱のスープをよそう手を止めた。

「それで」

今泉は、わたしのことにかまわずに尋ねる。

「先生はああ言ったけど、やっぱり無理みたいですよ。花道で、半四郎さんを受けとめる役のお弟子さんに聞いても、半四郎さんは、いつもと同じタイミングで、飛び込んできたって」

「他の日と勘違いしてるんじゃないか」

「と、いうより、竹本《たけもと》とタイミングがずれた日は、一日もなかったって言ってました。先生、竹本ってなんですか」

「芝居に合わせて語る義太夫のことだ」

「ええと、あとその日の開演前に、被害者の女性は楽屋に来なかったそうです。彼女が凶器の包丁を買ったのは十時以降だし、小川半四郎は十時前には楽屋入りしてましたから、彼が凶器を手に入れるのは不可能です」

「ほら、ごらん、違うじゃないか」

わたしはスープの器を乱暴に、今泉に差し出した。

「あたしが言ってたことが、正しかっただろ」

「そうだな」

今泉は、少し納得のいかない顔で、それでも認めた。

「ぼくの考え違いだったのかな、だとすると中村銀青か」

山本が急に立ち上がった。

「どうしたんだ」

「思い出した。今日、速達で変な手紙が来てたんです」

「どんな」

山本は奥の部屋から、白いなんの変哲もない封筒を持ってきた。左手で書いたような、稚拙な所書き。

今泉はそれを広げた。

いろはにほへとちりぬ
るをわかよたれそつね
ならむうゐのおくやま
けふこえてあさきゆめ
みしゑひもせす

「なんだ、いろはうたじゃないか」

「そうなんです。筆蹟を隠すような文字で、わざわざ書いてくるには、変な内容でしょう」

「そうだねえ」

今泉はなにも言わず、白い便箋を見つめている。

「ねえ、ブンちゃん、それ、なんだろう」

今泉は大きくうなずいた。

「暗号だ」

「ええっ」

わたしと山本はそろって、驚きの声をあげた。

「山本くん、この暗号の解読をきみに命じる。がんばってくれたまえ」

山本は不服そうに便箋を指さした。

「でも、これ単なるいろはうたですよ」

「ぼくが暗号だと言ったら、暗号なんだ。解読しなさい」

「どうやって、解読するんですか」

「暗号ならそれなりの解読法があるだろう。字を何個か飛ばして読むとか、ある順番に読んでいくとか。とりあえず、指紋を調べよう。まあ、犯人はそれほど間抜けでもないだろうが」

わたしは今泉の手から便箋を取った。裏表をひっくりかえして、見る。

「なにをしてるんだ」

「いや、狸の絵が描いてあったら、たを抜かして読む、とか」

今泉は憮然とした顔になった。

「もし、狸や栓抜きの絵が描いてあったら、ぼくは探偵をやめる」

山本はぶつくさ言いながら、便箋と封筒を片づけた。

「いろはうたなんだから、ある順番で読んだら文章が出てくるのは当たり前ですよ。キーワードがないとできません」

「それしか書いていないから、それだけで解けるだろう」

「でも、これが暗号なら、とっくの昔に誰かが解読していますよ」

口論になりそうだったので、わたしは話を変えた。

「でも、このいろはうたって本当に、よくできているねえ。ただの和歌としても充分鑑賞に耐えるじゃないか」

山本少年は素直に同意する。

「浅き夢みじ酔ひもせず、なんて、ぞくっとしますよね」

今泉だけがわたしのごまかしに乗らなかった。

「とにかく山本くんの当座の仕事はそれだ。傷が治るまで、解読に集中してくれ」

気がついた。今泉は、山本少年をしばらく休養させるため、そんなことを言っているのだ。

山本もそれに気づいたらしく、情けない声をあげた。

「どうしても、外に出ちゃいけませんかぁ」

「通院以外はね。山本くん、飯を食ったら早く寝なさい。寝る子は育つというし、よく寝れば傷の治りも早いだろう」

むちゃくちゃな論理だ。いつものことらしく、山本少年も恨めしそうな顔をして、反論しない。

わたしは今泉の顔をちらりと見た。目が合う。

「どうしたんだ。小菊」

「手伝ってあげようか」

「え」

「山本少年が身動きが取れなかったら、困るだろう。わたしが少し手伝ってあげるよ」

恩着せがましく言ってやった。まあ、どうせ断られるだろうが。

「ありがたい。頼むよ」

意外にも今泉は手を合わせた。

「小菊じゃないとできないことが、ひとつあるんだ。一昨日のことがあるし、頼みにくくて言い出せなかったんだが、お願いできるかな」

わたしは匙を置いて、彼の方を向いた。

「どんなことだい」

「山本くんを殴りつけた犯人を見つけるんだ」


「よう、小菊じゃないか」

中村青蔵《せいぞう》は浴衣の胸の中に、うちわで風を送りながら、こちらを見た。

わたしはぎこちなく笑って、そばに腰を下ろした。

「今、昼の部を見てきたよ。大旦那、すごいねえ」

青蔵は、腕をまくってそこにも風を送る。錆びた鉄のような色をした皮膚がむき出しになる。

「こちらも大変だ。怪我でもされたらことだからねえ」

中村青蔵は、わたしの研修所での同期で、深見屋に弟子入りしている。もともとアングラ劇団で役者をやっていたらしいが、女形に進んだわたしとは正反対に、捕手《とりて》や花四天《はなよてん》など、大立ち回りやとんぼを得意としている。今回も、「義賢最期」で、華やかな立ち回りを見せていた。浴衣の裾から見えるすねには、痛々しいほどの青痣や、ひきつれた傷痕が残っている。彼らはそれこそ、身体をはって、歌舞伎を支えているのだ。先輩方の中には、激しい立ち回りで、骨がぼろぼろになった人も多い。

「小菊は、今月は蓬莱屋さんと大阪だったんだろう」

「十五日までね。週末以外は昼一回公演だったし、まあ、楽だったよ」

「うちの大旦那も今月は昼の部だけだから、時間的にはそう苦しくもないんだがなあ」

青蔵の口調には、不満そうな色があった。

「どうかしたのかい」

「いや、若旦那がこの間倒れて休演したんだ」

「銀弥さんが?」

珍しいこともあるものだ。

「まだ、体調が本調子じゃないみたいだな。来月、四谷怪談をひかえているのに、気になって仕方がないよ」

「お参りにはもう行ったの?」

四谷怪談を上演するときは、必ず四谷稲荷に参拝に行くことになっている。

「よしてくれ。お岩様のたたりだって言うのかあ」

だが、銀弥さんのお岩様なら、なにかが取り付いても仕方がない。そう、思わせるだけのものを、彼は持っている。

しばらく世間話をした後、わたしはさりげなく、話を変えた。

「そういえばねえ、さっき、鍵を拾ったんだよ」

ポケットから、革の飾りがついた鍵を引っ張り出す。

「どこで」

「ここの入口でさ。前を歩いてた男の人が落としたんだ。追いかけて声をかけたんだけど、見失ってしまってねえ。受付に預けとけばいいかな」

旧劇専門だから、リアリズム演技はやりにくい。だが、青蔵は疑問を持った様子はなかった。彼もやっぱり旧劇専門だった。

「どんなやつだった?」

「背がわたしよりちょっと低くて、頭が禿げてて、そうだ、手に包帯を巻いてたよ」

青蔵はすぐに手を打った。

「ああ、そりゃあ、大島さんだ。文芸誌の記者で、鶴屋南北の記事を書くってんで、ここ二、三日、若旦那に取材に来ているんだ」

「へええ」

これは、今泉の指示だ。歌舞伎座の帰りに襲われたんだから、劇場関係者が跡をつけてきて襲った可能性が高い、というのだ。だが、雑誌記者とは意外だ。一概に、山本少年を襲ったやつだ、とは断言できない。

ぼんやりしているわたしの耳に、青蔵が顔を寄せた。

「実は、ここだけの話だけどな。あの男、うちの若奥さんと、できてるらしいよ」

「嘘だろう」

だって、話を聞いた限り、それほど魅力的な男とも思えないし、深見屋の若奥さんといえば、結婚して、まだ三年もたっていない。あんなにいい男の旦那がいて、よその男に見替えるとは。

「嘘じゃねえよ。まあ、女心はわからないもんだな」

「銀弥さんが、浮気をしたとか」

「あの若旦那に限ってそんなことはないな。おれの見たところ、若旦那のふさぎの虫は、だいたいそんなとこが原因じゃないのかあ」

廊下を人が通る気配がした。わたしは声をひそめた。

「若旦那は知っているのかい」

「そりゃあ、知っているだろう。あの人は、歌舞伎以外のことに関しては、ぼんくらみたいなふりをしてるが、なかなかどうして、鋭い人だよ。ただ、全部気づかないふりをしてるだけさ」

「そんな女、追い出しちゃえばいいのに」

「体面があるんだろ。深見屋の御曹司ともなれば、内緒でこっそり別れるというわけにも、いくまいし」

「かわいそうだな」

蠅が楽屋の中を、出口を探すように飛んでいる。青蔵はうちわをふりまわして、蠅を追った。わたしは膝をこすりながら考えた。いったい、この事件に中村銀弥は、どういう役割を果たしているのだろう。あちらこちらで顔を出すが、いっこうに全貌が見えない。

青蔵が歌うような口調で言った。

「ねむりねずみは幸せだった。目を閉じていたから、菊の花は見えなかった。頭に浮かぶのは、ただ、青いヒエンソウ、赤いゼラニウム」

「なんだい、それ」

わたしは我に返って、青蔵を見た。

「いや、ちょっと思い出したんだよ。うちの娘が読んでいた絵本の詩だ。うろ覚えだから間違ってるかもしれないけど、確か『ネムリネズミとお医者さん』という題だった」

そういえば、青蔵は早婚で、もう小学四、五年生の女の子がいた。

「それがどうかしたのかい」

「いや、若旦那みたいだな、と思って」

「どんな詩なんだい」

青蔵は照れくさそうに話しはじめた。

「ねむりねずみがゼラニウムとヒエンソウのベッドで暮らしてたんだ。ある日、ねむりねずみは病気になった。お医者さんがやってきて、病人には菊がいい、と言ってゼラニウムとヒエンソウを抜いてしまったんだ。でも、ねむりねずみはゼラニウムとヒエンソウが好きだった。それで、ねむりねずみは思うことにした。ここにあるのは、菊じゃなくて、ゼラニウムとヒエンソウだ。それで、ねむりねずみはいつも目を閉じているんだ。そういう詩だ」

男というのは、案外ロマンチストなものである。わたしは他人の化粧前に手をついて、青蔵の方を向いた。

「気に入らないね」

「この詩がか？　どうして」

「結局のところ、泣き寝入りじゃないか。ベゴニアが好きなら、そう言えばいい。黙って目をつむっているだけなんて」

「ベゴニアじゃなくて、ゼラニウムだ」

「なんでもいいよ。とにかく、そんな情けないやつには、同情できないね」

「ねずみは小さいんだぞ。一匹じゃなんにもできないから、あきらめたんだろう」

「無力でもいいじゃないか。せめて、菊の花を蹴倒したり、ひっこ抜くとかしてたら、通りすがりの人が気づいて、ベゴニアのところに連れてってくれるかもしれないよ」

「むきになるなよ。ただの子ども向けの詩さ」

青蔵は苦笑した。わたしだって、別にむきになったわけじゃない。だが、その詩が、大きく重い塊になって、喉のあたりに詰まったみたいだった。

ただ、許せないと思った。

その思いが、ねむりねずみに対するものなのか、医者に対するものなのか、それとも、もっと他のなにかに対するものなのか、まだわたしには理解できなかったけれど。


呼出音はちょうど三回。

「はい、カナリア書房です」

「すみません。ピカビアの大島さん、お願いします」

「少々お待ちください」

明るい女の子の声が消え、しばらくして低く早口の男の声がした。

「お電話替わりました。大島です」

わたしは、つとめて男らしく喋った。

「大島さんですね」

「はい、どちら様ですか」

「一昨日の晩、貴方がしたことを覚えていますか」

一瞬、息を呑む気配がした。彼に間違いはない。

「はあ、おっしゃる意味がわかりませんが」

「わからないはずはない。あんたの腕の包帯がなによりの証拠だ。真剣に聞かないのなら、これから警察に行く」

電話の向こうで、迷いとも困惑ともとれる沈黙が続いた。わたしは、彼が切り出すまで、黙っていた。しばらくして、根負けしたように、彼の声が聞こえた。

「お亡くなりになったのですか」

「それは、あんたが知っているだろう」

「いいえ、わたしは存じませんが」

周囲に気づかれないよう、丁寧なことばで喋っているのが、妙な感じだ。

「話がある。警察に喋られたくなかったら、ここへこい。あんたの会社から駅までの道にある公園だ。仕事はもう、終わりだろう」

「かしこまりました。必ず参ります」

「約束だぞ。こちらは、あんたの醜聞も押さえているんだ」

軽い脅しのつもりだったが、彼は声を詰まらせた。

「ええ、わかりました。ご心配なく、必ず参ります」

電話ボックスから出たわたしは、誰も乗っていないブランコに腰を下ろした。

山本を襲った相手の名前を調べることだけが、わたしの仕事だから、これは明らかによけいな手出しだ。だが、青蔵から聞いた話が、わたしの中でしこりとなっていた。このまま帰ることなんて、絶対にできない。なにか、理由のない苛立ちが、ふつふつと沸騰しているようだった。

油の切れたような音を立てて、ブランコが鳴る。子どものころ、ブランコは仲間たちの王座だった。一番、権力のある子どもが、立って、膝を曲げながら漕いでいた。わたしがブランコに乗れるのは、みんなより早く、公園に来たときだけだった。

子どもは相変わらずどこかにいるだろうに、このブランコはひどくさみしそうだ。たぶん、今の子どもにとって、ブランコは王座ではないのだろう。

夕刻の公園には、他に誰もいなかった。

枯れ木が鳴る音がした。

次の瞬間、わたしは飛び退いた。

男の手が風のように首をかすめる。その手に、細引きが握られているのを、目が確認した。手荒く突き飛ばされ、腰を打ちつける。彼はわたしの上に覆いかぶさった。細引きを首の後ろにまわそうとする。

その手をわたしはひねりあげた。驚くほど力は弱かった。

思いきり胸を突き飛ばす。分厚い眼鏡が飛んだ。ひっくり返った男の上に馬乗りになった。

暴力なんて大嫌いだ。自分がこんなことをしていることに、無性に腹が立つ。

片手で男の首を摑み、片手でブランコの木の部分を摑んだ。ブランコで男の顔面を、力任せに打ちつけた。

男が情けない悲鳴をあげ、鼻血が吹きだした。わたしは腕をおろした。

男の手はだらり、と垂れ下がり、明らかに戦意喪失しているようだった。

わたしは男を突き放すと、立ち上がった。

逃げるなら、勝手に逃げればいい。

荒い息をつく。女形になってから、こんな乱暴なことをしたことはなかった。だが、知らぬうちに、手が動いていた。

わたしは男のいた方に、顔を向けた。彼は逃げてなかった。白い包帯を巻いた腕を、血に濡らしてうずくまっていた。

わたしは吐き捨てるように言った。

「いい気味だよ。二度も襲った相手に返り討ちに遭うなんて、情けないねえ」

「うるさい。おまえなんかにおれの気持ちがわかってたまるもんか」

声には半分涙が混じっていた。

「なに幼稚園児みたいなことを言ってるんだよ。さあ、話して貰おうか、大島さん。なんで、山本くんを襲ったんだ」

男は少し躊躇した。何度も切れた唇をなめる。

「話せって言ってるんだよ。それともこれから警察に行くか」

「しかたなかったんだ。こうするしか。おれは、おれはどうしても一子が欲しかったんだ」

彼は裏がえった声を張り上げた。わたしはブランコの鎖を握った。一子というのは、中村銀弥の奥さんの名前じゃないか。

「それとこれと、どういう関係があるんだい」

「中村銀弥が、ずっと快復せず、このまま狂ってしまえば、一子はおれの元にやってくる。そう思ったんだ」

「中村銀弥が狂うって、あんたいったいなんのことを言ってるんだ」

大島はぼんやりとした目を、わたしに向けた。

「あんたら、中村銀弥の病気の原因を調査しているんじゃないのか」

わたしは、阿呆のように口をぽかんと開けた。

「中村銀弥の病気だってえ。そんなの初耳だよっ。あたしたちは、二カ月前、大阪で起きた殺人事件について、調べてるんだ」

「なん、だって」

なにかがずれている。なにかがかみ合わない。わたしは彼を立たせて、側のベンチまで連れていった。

「いいかい。最初から全部話すんだ。中村銀弥の病気って、なんなんだ」

彼はうつろに地面を見ていたが、放心したように喋りはじめた。

「中村銀弥が、ことばを少しずつ忘れていくって、一子が言ってたんだ。どんどん、忘れていって、しまいにはきっと、狂ってしまうって。一週間ほど前、電話したとき、一子はそれについて、調べて助けてくれる人に会ったって言ってた。それで、理由をつけて、劇場に出入りして、様子を探っていたら、やっとそれらしい人間を見つけた。脅して、手を退かせようと思ってやったんだ。奴が暴れたから、こんなことになったけれど、本当にそれほど、ひどい目に遭わせるつもりなんか、なかったんだ」

わたしはあきれて口を閉じることもできなかった。誤解だったのだ。全部。

「くだらない。それじゃ、なにかい。あんたは深見屋さんの若奥さんが好きで、中村銀弥が狂ってしまえば、彼女が自分のものになると思ったのかい。それで、彼の精神病の原因を調べている人を、ぶちのめそうと思ったのかい。ばかばかしい。色気づいたばかりの中学生じゃあるまいし、いい大人が、女のためにそんなろくでもないことをするとはね」

「うるさい。おまえにおれの気持ちなんか、わかってたまるもんか」

彼は叫ぶと、頭を抱え込んだ。止まらない鼻血が、ぼたぼたとズボンに垂れる。わたしは、ポケットからハンカチを出すと、彼の顔に押しつけた。

「拭きな。見苦しい」

「誰が、こんなふうにしたんだ」

だが、彼はハンカチを受け取って、血を拭った。

「あいつは、特別なんだ。こんなことは初めてだ。最初に会ったときから、そう思った。まるで、磁石みたいにひかれてしまった。おれにはそんな権利はない、中村銀弥と張り合っても勝てるわけがない、何度もそう思おうとした。でも、できないんだ。あいつを手に入れるためなら、なにをしてもいい。一子が欲しかったんだ」

「くだらない。くだらないよ」

「なに」

わたしのことばに、彼は顔色を変えた。

「くだらなくなんかない。おれにとっては大切な」

「なに言ってるんだよ。がきじゃあるまいし。あんたも三十年や四十年生きてきてるんだろ。なに、がたがた、あがいてるんだよ。世の中が自分の思い通りにならないってね。そんなの当たり前なんだよ。当然のことなんだよ。わざわざ、口に出すほどのもんでもないさ。あたしゃ、もう、そんなことにはあきあきしてるんだ」

そうだ、あきあきしている。うんざりしているんだ。だが、そんなものなのだ。そんな世界を許すしかないのだ。だれもそこから、逃げ出すわけにはいかないのだから。

「わかってる。わかってるよ。でも、それでもどうしても欲しいものはあるんだ。いちばん大切なものだけは、手に入れたいんだ」

「いちばん大切なものなんかじゃない。あんたは、その一子さんを、自分のものにすることだけを考えている。そんなのは、いちばん大切なことなんかじゃないんだ。二番目か、三番目のことだ」

わたしは彼の反論も聞かずに続けた。

「人を好きになって、いちばん大切なことは、その人が自分のものになるかならないかじゃない。いちばん大切なのは、その人が、その人らしいやり方で、毎日を過ごせるかなんだ。そんなこともわからないのかい」

大島は顔をあげて、わたしを見た。小さい仔犬のような目を見開いて。

「あんたのことを選ばない女なら、振っちまいな、なんてことは言わないよ。人間なんて、みんな、気持ちのままますぐに、なんてことはできやしないんだから。でもね、なんで、あんたは好きになるだけじゃいけないんだ。その人が、その人らしいやり方で、眠ったり笑ったり、歯をみがいたりしているだけじゃ、どうして、いけないんだい」

大島は初めてなにかに気づいたような顔をしていた。

「あんたのやり方はまずいよ。一子さんは、銀弥さんを治そうとしてるんだろ。それを邪魔して、彼女を手に入れても、きっとどこかが綻びてくる。わかるだろ」

彼は鼻をすすりあげた。両手で自分の額を殴りつけた。

「じゃあ、どうしたらいいんだ。おれは」

「見ていりゃいい。見張っていればいい。その人が、その人らしいやり方で、歩いたり、お茶を飲んだりしているのを。それで、もし、その人が、その人らしいやり方でいることを邪魔されているんなら、そのときがあんたの出番だ。堂々と行って助けてやりな」

わたしは立ち上がった。この男は勘違いをしていただけだ。もう用はない。

「あんたのことは、あたしの胸ひとつに、納めておいてやるよ。そのかわり、あたしの言ったことを考えてみな。そのハンカチはやるよ。じゃあね」

「待ってくれ」

「なんだい」

彼は頼りなげにつぶやいた。

「眼鏡、どこにあるんだろ」

わたしはため息をついて、さっき、彼を殴りつけた場所を捜した。

「ほら、まったく世話がやけるね」

泥のついた眼鏡を差し出す。彼は口の中でもごもご言いながら受け取った。

「帰る前に顔を洗いな。その顔じゃ、恐怖映画だ、まるで。電車に乗って悲鳴をあげられても知らないよ。ほら、そこに水道があるだろ」

「すまない」

その後、彼はぼつん、と言った。

「ありがとう」


ねむりねずみは、医者を傷つけることを恐れたのかもしれない。菊の花が抜かれることを、望まなかったのかもしれない。

自分がなにかを求めることで、世界の他の部分が壊れていくこと、変わっていくことを恐れたのかもしれない。

帰り道、わたしは雑草の茂みを、覗いてまわった。

どこかでねむりねずみが身体を丸めているような、気がしたからだ。

第三章

「だからさ、歌舞伎座には、腕に包帯を巻いた人なんかいなかったんだよ」

作戦会議中。今泉はあきらめたように、唸った。

「しょうがないなあ。これで手がかりが失せたな。でも、またそいつ、接触してくるかな」

煙草を半分ほどでもみ消す。でも、わたしは知っている。彼はもう、わたしたちの前に顔を出すことはないだろう。彼は大阪での殺人とは関係ないのだ。わたしが黙っていても、罪にはならないと思う。

山本少年は、本当にいろはうたを解読しているようだ。鉛筆をくるくると回して、ノートにたくさん書いたいろはうたに、線を引いたりしている。

「解けました」

「言ってみなさい」

「犯人は、奥山清美です」

「どうして」

「おくやま、という箇所があるんですが」

今泉は冷淡に言った。

「説得力が足りないな」

わたしは山本少年の肩ごしに、その紙をのぞいた。

「今ごろそんなことに気づいたの」

山本はぶーと口を鳴らした。

「小菊さんまで、いじめないでください。こんな不毛な作業に従事しているぼくを、かわいそうに思わないんですか」

今泉が新しい煙草に火をつけながら、言う。

「こら、そんなふうに思うから解けないんだ。暗号だと信じれば、自然と道は開けてくる」

「心頭滅却すれば火もまた涼し、みたいですね」

いいコンビだ。わたしは、山本少年特製の、熱いアニスミルクティを飲み干した。暑気払いにちょうどいい。

「山本くんって高校生なの?」

「年はそれくらいです。でも、学校はやめちゃった」

「どうして」

「つまんなかったからです」

明快な答だ。

「来年でも大検を受けて、大学には行こうと思ってるんですけど。あ、小菊さん、おかわりいります?」

「あ、ごめんね。ちょうだい」

山本少年が台所に消えると、わたしは今泉の方を向いた。

「いい子じゃない。どうしてこんなところで働いているのさ」

「こんなところとはなんだ。こんなところとは。まあ、そのうち説明するよ。でも、探偵事務所には、あのくらいの年齢の男の子が似合うだろう」

「高校生くらいの男の子って、他のところではそうでもないけど、探偵事務所ではよく働きそうだね」

「そうだろう、そうだろう」

「なにを話しているんですか」

山本少年がカップを手に戻ってくる。ぷん、とかすかな生姜の匂いがする。今度は生姜入りの紅茶らしい。

「いや、別になんでもないよ」

椅子に腰を下ろした山本は、身を乗り出すようにして、今泉に尋ねた。

「先生。これからどうするんですか」

「行き詰まったな。しかたない、小川半四郎に直接当たろう」

「ちょっと待ってよ。葉月屋さんを疑うのはやめたんじゃないのかい」

「やめたから、行くんだ。彼が犯人だと思っていたから、直接話を聞くのを避けていたんだ。彼が犯人じゃないのなら、話を聞かなくちゃ。なんてったって、一番被害者に近い人間なんだから」

確かに正論だ。だが、わたしはなにか割り切れないものを感じていた。

「小菊はなにも、一緒に来なくてもいいんだぞ。あとは、ぼくたちでするし」

そっけない言い方だ。わたしは今泉をにらみつけた。

「行きます、行かせていただきます。ええ、ここまで関わったんだ。最後まで見せてもらうよ」

「助かるよ。いきなり幹部格の役者とは接触しにくいからね。小菊、悪いけどアポイントをとってくれないか」

どこまでずうずうしいのだ。この男は。


葉月屋さんとの約束は、二日後だった。

わたしでさえ、一門でもなく、親しくもない役者さんと、直接連絡はとりにくい。師匠に頼むと、快く承知してくれた。

「いいかい。葉月屋さんに、失礼なことを言って、うちの師匠の顔をつぶさないでおくれよっ」

「わかってる、わかってる」

今泉は半分聞いていないような様子で、返事をした。どうも信用がならない。だいたいこの男は、探偵などには向いていないのだ。気が弱いかと思うと妙にずうずうしいし、どこかとんちんかんだ。なにを思ってこんなことをしているのだろう。どうせなら、わたしも、もっと颯爽とした探偵の手伝いをしたいもんだ。

どうも、自分の仕事仲間のところへ乗り込むのは気が悪い。ポケットから黒眼鏡を出してかけた。

「小菊、おまえが犯人みたいだぞ」

「うるさいねえ」

好運なことに、葉月屋さんは一人部屋だった。定紋の陰月ののれんが、風に揺れている。

「ああ、お待ちしていました」

昼の部の「義賢最期」の出番を終え、化粧を落として、彼は待っていた。縞に夕顔の花の糊のきいた浴衣の膝を揃えて、おじぎをした。

「お仕事中、申し訳ありません」

「いえ、あとは夜の部で『身替座《みがわりざ》禅《ぜん》』の太《た》郎冠《ろうか》者《じゃ》をするだけですから、時間はあるんですよ」

彼は屈託なく笑って、今泉を部屋に招き入れた。胡蝶蘭の鉢植えの並んだ楽屋で、わたしたちは向き合った。

えらの張った輪郭、黒目がちな大きな眸。目を見張るほどの美男子でもないのに、化粧ひとつで、当代きっての二枚目に変わるのはなぜだろう。舞台の上の彼は、素顔の人懐っこさからは、想像もつかないほど、あくどく美しい。

「累《かさね》」の与右衛門《よえもん》や、「女清玄《おんなせいげん》」の松若《まつわか》など、悪の要素の強い二枚目を演じるとき、その魅力は頂点に達する。女を芯から摑んで離さない伏し目がちの視線。そんなはずはないのに、性的な体臭が舞台に充満するような、幻影に襲われる。少し歪んだ唇とゆるい歯並びが、かえって美貌を引き立てている。

だが、彼は楽屋風呂で、化粧を落とすついでに、その悪の気配さえ落としてしまうのだろうか。

にこやかに座布団をすすめる彼からは、その片鱗もうかがえなかった。

「栄の事件をお調べになっているとか」

葉月屋さんの問いかけに、今泉は目をしばたたいた。

「ええ、そうです。なにかそれで、お気づきのことがあれば、と思いまして」

葉月屋さんは視線をまっすぐ畳に落とした。

「大方、彼女の妹が頼んだんでしょう。早くに両親をなくして、身よりといえば姉妹だけだから、ずいぶん仲がよかった。彼女が死んだとき、わたしも、かなり罵られました。劇場であんなことになったので、わたしが関係がある、と思いこんだらしい。あんたと婚約したから、こんなことになったんだって」

「関係はないんですか」

思わずわたしは、今泉の膝をつねった。だが、葉月屋さんは、不躾なことばにも、動じなかった。口もとの力が、ふっと抜けた。

「わからないんです。彼女がなんでこんなことになってしまったのか。わたしにはさっぱりわかりません。もしかすると、彼女の妹の言うことが正しいのかもしれない。わたしと婚約したせいで、彼女は死んだのかもしれない」

最後はほとんど、独り言のようだった。わたしはひどく後悔した。今泉は仕事だから仕方がない。だが、無関係なわたしに、興味本位で来て彼の傷をこじあける権利などないのだ。

「彼女に恨みを抱くような人に、心当たりはないですか」

「警察にもなんども聞かれました。わたしの女関係や、彼女の男性関係も。だが、わたしと彼女が婚約したのは、もう、一年も前です。理由があって、挙式は延び延びになっていましたが、わたしたちが婚約したのが原因なら、なぜ、今ごろになって、としか言えません」

「挙式が延びた理由は」

「去年の秋、わたしの母が他界したんです。どうせなら、喪が明けてから、と思いまして。わたしも彼女も若くない。別に急ぐ必要はない、と思ったんです」

今泉はうなずいた。葉月屋さんは立派だった。自分にとって決して気持ちがいい質問ではないだろうに、わたしや今泉など、得体のしれない奴らが相手なのに、丁寧に答えていた。

「奥山清美さん、という女性をご存じですか」

急に変わった話を追うように、葉月屋さんは目を天井にやった。

「ええと、たしか、わたしの後援会の女性じゃなかったかな。関西の」

「それだけですか。ご関係は」

「ええ、彼女がどうかしたんですか」

「いいえ、ちょうどそのとき、劇場に居合わせただけです。一応お聞きしようと思いまして。特にそれ以外では、おつきあいはないんですね」

彼は納得いかないような顔で、首をかしげた。

「よく待っていてくださるんですよ。楽屋口で。彼女、何か見たんですか」

「いいえ、なんでもありませ」

今泉の声が止まった。目線が何かに焼き付いている。わたしは彼の視線を追った。

鏡台の上に折鶴があった。

ふつうの折鶴ではない。二羽の鶴が、羽と羽を合わせるようにひとつになっている。柔らかなモーヴ色の和紙で折られた、菖蒲の花のような折鶴だった。

葉月屋さんはわたしたちの視線に気づいて、そっとそれを手の上にのせた。優しい、いとおしむような手つきだった。

「それ、一枚の紙で折っているんですか」

黙りこくってしまった今泉に代わって、わたしが尋ねた。

「ええ、比翼《ひよく》、という折り方なんです。彼女が折ったものです」

目の前の二羽の鶴は、今折ったばかりのように、凛々しかった。翼はぴん、と張り、和紙には少しの毛羽立ちもなかった。壊れやすい折り紙細工の鶴、それをこんなに大切にしている、ということで、彼の河島栄に対する想いが、鮮やかに伝わってくるようだった。

葉月屋さんは誰ともなしに言った。

「天にあらば比翼の鳥、地にあらば連理の枝。お笑いかもしれないですけど、本当にそう思っていました。彼女がいなくなったら、わたしの世界はおしまいだって。でも、そうじゃなかった。彼女が死んでも、相変わらず楽しいことはあるんです。わたしは生きていて、笑ったり騒いだりできるんです。それが、つらかった」

「でも」わたしは言った。

「河島さんは、葉月屋さんがいつまでも悲しみを引きずっていることを、望んでいない、と思います」

葉月屋さんは、ゆっくり首を振った。

「わたし自身の問題なんです。わたしが、彼女を思ったほど愛していなかった。それが耐えられないのです」

そうじゃない。葉月屋さん、あんたは間違っていない。自分の身体以上に人を好きになれば、どこかに無理がくる。自分の身体の範囲で相手を愛して、時が来れば忘れていくこと、それが人間にとって、一番自然な形なのだ。

だが、わたしは口に出せなかった。葉月屋さんは、手の上の鶴を見おろしていた。

「舞台の上の恋人たちがうらやましい。彼らは一番美しいところ、一番激しいところだけを、繰り返し、繰り返し生きられるのだから。生身の人間はそうはいかない。どんなに思っているつもりでも、少しずつ忘れていってるんだ」

「忘れることがなかったら、記憶の過剰と、疲労と、緊張で死ぬ、と恋愛の専門家は言っていましたよ」

今泉のはりのある声が、楽屋に響いた。誰だ、その恋愛の専門家というのは。

「半四郎さん、お聞きしますが、それはコンタクトのケースですか」

葉月屋さんは、驚いたように振り向いた。鏡台の前に、確かにそれらしき物があった。

「ああ、これですか。そうですよ」

「ふだんから、コンタクトをお使いですか」

「ええ、そうです。視力が悪いんですが、眼鏡を持っていませんから」

「舞台の上でも?」

葉月屋さんはどこか、苦しそうに笑った。

「いいえ、舞台では使いません。コンタクトがずれたりして、涙が出ると困るし、ライトで反射するんですよ」

今泉は、考え込むようにしてそれを見つめていた。

いきなり、葉月屋さんが座布団を外した。土下座するように、手をつく。

「わたしからもお願いします、今泉さん。彼女をあんなふうにした、犯人を見つけてください。夜ごとに夢を見ます。なぜ、彼女があんなことになってしまったのか。わからないのです。犯人を見つけたから、彼女が生き返るわけではない。でも、このままだと、わたしもつらいんです」

今泉は手を伸ばして、葉月屋さんの肩に触れた。

「手をお上げください。必ず見つけます。約束してもいい」

葉月屋さんは黙ったまま、何度もうなずいた。膝の前に比翼の鶴が、薄い羽根を広げて、転がっていた。


楽屋を出ると、今泉はいつになくきりりとした表情でわたしを見た。

「悪いけど、これから、また関西へ行ってくる。山本くんにそう伝えてくれないか」

「そりゃあ、かまわないけど。なにか、摑んだのかい」

今泉は曖昧な笑いを浮かべた。

「まだ、断言できないんだ。いい加減なことは言いたくない」

「なら、いいけど」

今泉は、見たことがないような優しい笑顔を浮かべた。

「悪いけど、小菊。金貸してくれ」

当座、必要な分を除いて、財布の中の金額を全部貸すと、今泉は足早に、楽屋を出て行った。

まったく、探偵よりも結婚詐欺師のほうが向いているんじゃないか。そう思って苦笑した。

わたしももう帰ってもいいが、せっかくここまで来たのだ。三階の楽屋にでも、顔を出していこう。

歩きだしたわたしは、ふと、足を止めた。

舞台の袖に、中村銀弥が立っていた。京紫の石持に、紫の帽子、髪を捌いて、片肌を脱ぎ、腕に白い布をくくりつけている。

小万の死体の出が終わり、袖から舞台を見ているようだった。

死体の役だから、口紅もつけず、みすぼらしいこしらえだ。それでも、彼は美しかった。下瞼に筆の跡が残るほど、かすかに掃いた紅。女房の役だから眉はないが、そのあたりに淡い薄紅の気配がする。

ふっくらとした頰から、厚く小さな唇までの線は、目が眩むほどだ。眼も唇も半開きのまま、どこか物憂げに舞台を見つめ続けている。

ふと、視線に気づいたのか、彼がこちらを向いた。

一瞬、火のような感情が、わたしの胸を焼いた。妬みに似て、憤りにも近く、悲しみも混じった感情だった。

先日、山本くんにはああ言った。でも、わたしはときどき夢を見る。舞台の真ん中で、幾百の観客の、えぐるような視線を浴びながら、立っている夢だ。

観客はすべて、わたしを見ていた。視線は矢のようにわたしを射、荒縄のようにわたしにからみついていた。

わたしはふるえていた。色鮮やかな衣装は枷のように重く、姿勢は苦行のようにつらい。

喉は焼け付くように熱く、言うべき台詞は見つからない。

悪夢のように重苦しく、だが、その夢は悪夢ではなかった。わたしはその夢を待ち望んだ。目覚めることを恐れた。

なぜなら、それは決してありえないことだから。

理屈ではわかっている。わたしは大部屋の仕事に誇りを持っている。だが、その夢はわたしの胸をかき乱した。

それは、役者の業だ。どんなに苦しくても、いや、苦しいからこそ、舞台の真ん中に立ちたい。痛いほど客の視線を浴びたい。足がふるえ、声がふるえ、眼を見開くことができないほどの、高ぶりを感じたい。

引きむしろうとしても、捨て去ろうとしても、その気持ちはわたしから離れない。逃げれば逃げるほど、深くわたしを摑む。

そうして、彼は、中村銀弥は、当然のように、舞台の真ん中にいる人なのだ。決してわたしが近づくことのできない、舞台のもっとも明るい場所に。

ずいぶん長い間、わたしたちは見つめ合っていたような気がする。実際は、ほんの一瞬だったのだろう。

緊張を和らげるように銀弥は微笑んだ。下位の者に対する、どうしようもないくらい上の者の、慈愛に満ちた微笑みだった。

そのまま、彼はするり、とわたしの横をすり抜けた。かすかな白粉の香だけが、その場に残った。

わたしは、当たり前という屈辱感を嚙みしめて、ぎゅっと手を握りしめた。

ふと、途方もない考えがひらめいた。

河島栄を殺したのは、中村銀弥ではないか。

銀弥と小川半四郎は、舞台の上での夫婦役だ。彼が半四郎に、それだけではない感情と、河島栄に対する嫉妬を抱いたとしても、不思議はない。

中村銀弥が精神病だ、と大島は言っていた。それは、その罪悪感が原因ではないだろうか。

いや、しかし。わたしは考え直した。

彼はそのとき、初菊役で、ずっと舞台に立っていたはずだ。河島栄を殺すことはできない。

そうだ。彼の妻だ。わたしは中村銀弥の妻の、少し彼自身に似た、日本人形のような風貌を思い出していた。

彼女が夫に言われてやったのかもしれない。

あの、大人しそうな、夫の言うことならなんでも聞きそうな女。彼女なら、夫に言われるまま、出刃包丁を顔色も変えずに振りあげることもできるだろう。

彼女はたしかその日、客席にいたのだから。

わたしの首筋は、冷たい汗で濡れていた。わたしはこみあげる悪寒に耐えかねて、身をふるわせた。

だが、このことはだれにも言ってはならない。葉月屋さんをかばうのと同じ理由で、わたしは中村銀弥もかばうだろう。

わたしにとって大事なのは、法ではなく、舞台なのだから。

もともと、こんなことに、首をつっこんだのが悪かったのだ。真実を見つけようとするべきではなかったのだ。

わたしは、踵を返すと、出口に向かって歩きはじめた。

もう、いくら今泉がなにを言っても、この件に関わるのはよそう。すべて忘れてしまおう。

忘れるのは簡単だ。すべて芝居の中の出来事のように。

今泉から連絡があったのは、その三日後だった。

「悪いけどね。あたしゃもう、そのことに手を出さないことに決めたんだ」

今泉からの電話に、わたしはいらいらを抑え、そっけなく答えた。

電話の向こうの機械めいた声は、わたしの予想外の反応に驚いたようだった。

「でも、小菊。真相がわかったんだぞ」

「だから、行きたくないんだよ。もう、この事件のことは忘れることにしたんだ。あたしには関係ないよ」

「小菊、おまえ、なんか勝手な想像しているんじゃないのか」

「な、なんのことさ」

「無理にとは言わないが、聞きに来たほうがいいと思うぞ。少なくとも、おまえが思ってるより、真相は少しましだよ」

今泉の決めつけるようなことばに、少しむっとする。

「あたしがなにを考えてるってえ」

「なにも、考えていなきゃいい。でも、真相を知らないまま、よけいな想像をするのはよくないぞ。明日、二時半、小川半四郎さんの楽屋に集まるんだ。絶対に来るんだよ」

「あ、ちょっと、お待ちよ。行かないよっ。行かないってば」

わたしを無視するように電話は切れた。あざ笑うような電子音がする。

わたしは深いため息をついた。行ってやるもんか。もう、わたしは決めたんだ。今泉のことばなんかにふりまわされるのはまっぴらごめんだ。

わたしはちらりと電話の横のメモ帳を見おろした。

念のため、書いた。

二時半、葉月屋さん、楽屋。

第四章

楽屋の上がり口には、たくさんの雪駄やスリッパが並んでいた。

陰月の粋な紋を、染めぬいた紗ののれん。その向こうは、夜みたいにひっそりと静まり返っていた。ここで今日、なにが行われるか知っている者にとって、その沈黙は、鋭い刃のようなものだ。

やっぱりよそう。わたしは踵を返した。そのとたん、向こうからくる、上総屋さんの部屋の若い者に見つかった。彼はよく通る声で、わたしに笑いかけた。

「おや、小菊さん、どうしたんだい」

返事をするより先に、目の前ののれんがはね上がった。

山本少年が顔を覗かせている。傷はかなりよくなったらしく、包帯の代わりに黄色い油紙と絆創膏を貼りつけていた。

「小菊さん、あとはみんな揃っていますよ。早く来てくださいよ」

わたしはあきらめた。なるようにしかならないのだ。肩で、のれんをくぐる。

鏡台の前に、昨日と同じ格好で、この部屋の主が座っている。手前には今泉と山本少年、奥に目をやったわたしは、身体を硬くした。

目を伏せてそこにいるのは、中村銀弥だった。団七縞の白い浴衣、腕を弥蔵に決め込んで、頤《おとがい》をつきあげるように壁にもたれている。

その横に、髪で顔を隠し寄り添うように並んでいるのは、彼の妻だった。

今泉はああ言ったけど、わたしの考えはやはり間違っていなかった。彼らが犯人でないのなら、ここにいるわけがない。

覚悟を決めると、少し気分が楽になる。わたしは、山本少年の横に腰を落ちつけた。足をもぞもぞさせていると、今泉がちらりとこちらを見た。

「小菊、遅かったな。まあいい。これで、説明が始められる。早くすませてしまいましょう。四時をまわると、半四郎さんの舞台がある」

誰も異存はないらしい。今泉は、膝で一歩前に進んだ。

「昨日まで、関西に行ってきました。もう一度客席にいた人間を洗いなおし、聞き込みをしてきました。そうして、ぼくは河島栄さんの死の真相にたどりつきました」

今泉は、なにか固いものを嚙んだような顔をしている葉月屋さんに目をやった。

「いいですね。半四郎さん。客席に、動機を持った者はいなかった。席を立った者さえいないことがわかった。とすると、やはり、花道を利用するしかないのです」

わたしは膝で立ち上がった。

「でも、それは不可能だって」

「小菊、最後まで聞いてくれ。そう考えると、以前の矛盾も解決できるんだ」

わたしは葉月屋さんの顔を見た。彼は目を閉じていた。

今泉は続けた。

「今度の関西行きで、ぼくは目撃者さえ見つけてきました。半四郎さん、あなたの後援会の高橋めぐみ、という子です」

あの水族館の女の子。彼女がどうして。

「彼女は、あの花道の後方で行われていたことを目撃していました。でも、彼女は喋らなかった。なぜなら、彼女はあなたのファンだからです。もしかしたら、他にも目撃した人がいるかもしれない。でも、その人たちは皆、口をつぐんだのでしょう」

「そんな不自然な」

わたしの声だけが、やけに響く。だれも反論しないのか。

「不自然じゃない。小菊。舞台で芝居の続きが行われているのに、半四郎さんの花道の引っ込みを、首を回してまで見届けるのは、彼のひいきに決まっている。彼に不利な証言は、もみ消されてしまう可能性が高い」

今泉はそういって息をついた。目の前にあった録音機のスイッチを入れる。聞き覚えのある声が、流れだした。

「あたし、あたし見ました。花道の揚げ幕の少し前に、和服姿の女性が立っていました。半四郎さんの十次郎が、花道を走っていって彼女にぶつかるみたいにして、彼女が撥ね飛ばされて、客席の一番後ろに倒れこむのを。その時は、なにが起こったのかわからなかった。でも、彼女が腹に包丁を突き刺して死んでいるって聞いたとき、気がついたんです。あのとき半四郎さんが刺したんだって」

銀弥さんの奥さんが息を吸い込んだ。両手で口を覆う。わたしはまわりを見回した。驚きを見せたのは、彼女とわたしだけだった。小川半四郎も、中村銀弥も、表情を変えなかった。

今泉は録音機を止めた。

「彼が花道を飛び降りた、と思ったのは、ぼくの間違いでした。そうではなくて、被害者が花道に立っていたんです。半四郎さんが花道から飛び降りた、という証言をした女性も、後で問いつめたところ、飛び降りる人影を見ただけでした。それは、たぶん、被害者が花道から落ちる姿だったんでしょう」

氷のような沈黙。わたしは声を張り上げた。

「じゃあ、指紋はどうしたんだい。葉月屋さんはどこに凶器を隠していたんだい。舞台の上で、そんなことができるわけないよっ」

「そうだ。できるわけがない」

今泉ははじめてわたしに同意した。

「じゃあ、なぜ」

「凶器は彼女が持っていたんだ。小菊、わかるか、これは殺人じゃない。強いていえば、自殺と事故とが入り交じったようなものだ」

わたしは呆然としていた。

「被害者は、左手で出刃包丁を握りしめて、そこに立っていたんだ。花道の揚げ幕の側にね。出刃包丁を自分の腹にまっすぐ向けて。被害者は思っていたのだろう。こんなふうにして立っていれば、彼はぶつかってこないだろう。そりゃあ、そうでしょう。ぶつかれば彼女は死ぬのです。他人でもそんなことはしない。まして恋人だ。とっさのアドリブができない役者ならいざ知らず、半四郎さんなら、うまく切り抜けたでしょう。でも、ひとつ彼女には誤算があった」

わたしは気づいた。コンタクトだ。彼の視力のことだ。

「まあ、婚約して一年も経つんだから、彼がふだんコンタクトをしていることを知らなかったわけはない。でも、彼が舞台ではそれを外していることを、知らなかったのです」

山本が後を引き継いだ。

「そのとき河島さんが着ていたのは、薄墨色の着物。揚げ幕の色にまぎれてしまい、目立たない。おまけに上演中ですから、客席だって暗い。半四郎さんは、すぐ側に来るまで気づかなかったのでしょう。気づいたときには、もう遅かった。十キロの鎧を着ての全力疾走だ、速度を落とすことはできない。半四郎さんは、まっすぐ、つっこんでしまったんです」

「気づかなかったんだ」

震えるような声がした。葉月屋さんは顔を覆っていた。

「包丁に気づいていたら、客席に落ちてでも止まった。ただ、彼女が立っている、ということしかわからなかった。だから」

「そう、だから、半四郎さんは彼女にぶつかって、花道の揚げ幕に消えた。河島さんの腹に包丁は深々と突き刺さった。彼女は客席に落ちて頭を打ち、気を失い、そのまま息絶えた。それが、事件の真相なんです」

「なぜ、ですか」

葉月屋さんの声には、滲み出すような悲しみがあった。

「なぜ、彼女は包丁を持って、そこに立たなければならなかったんですか。わたしはそれを知りたいんだ。ずっと、考え続けていた。なぜ、彼女がそんなことをしたのか」

今泉は返事につまった。山本少年と顔を見合わせ、ふうと息をつく。

「今となっては、推測することしかできません。ただ、半四郎さん、あなたはおっしゃいましたね。天にあらば比翼の鳥、地にあらば連理の枝って」

中村銀弥が、ふいに顔をそむけた。きゅっと蛾眉をしかめる。

「人間は、不思議なもので、手の中に確実にあるものに対しては、ひどく無神経になるのです。大切なものなのに、どうでもいいような気がしたり、乱雑に扱ってみたり」

「彼女もそうだった、と言うんですか。早い話が、わたしとのことに倦怠していたと」

「ただの推測です。でも、ありえないとおっしゃるんですか」

葉月屋さんは苦しげに首を振った。

「わかりません。もう、なにがどうなってもいいような気持ちです」

残酷なやり方だ。でも、とわたしは思う。生殺しのままよりは、ずっとましだろう。完全に打ちのめされることは、優しく許されることに似ている。

「河島さんは、半四郎さんに愛されていた。でも、少しその状況に退屈していたのでしょう。それでも、河島さんも半四郎さんのことを愛していた。浮気をするなんてことは考えもつかない。だから、少し刺激的な体験を楽しもうとした。それだけでしょう。彼女は自分にいちばん似合う和服を着て、劇場へ来た。あの和服はいわば彼女の死装束でした。本当の死装束ではなく、劇的な演出としての。自分の店へ、一時頃に着く、と電話したのも、決して彼女に死ぬつもりがなかったことを物語っている。彼女にとって、このゲームは、倦怠を乗り越えるためのものだった。それが自分の死につながるとは、思いも寄らなかったのです」

廊下で、つらいほどにぎやかな笑い声があがる。彼らはこの部屋で、どれほど苦しい真実が解きほぐされているのか、気づくことはない。たかが壁一枚を隔て、そこにあるのは、深い奈落だ。

今泉はゆっくりと膝の向きを変えた。中村銀弥と奥さんの方を向く。わたしははっとした。これが真実ならば、彼らはなぜ、ここにいるのだろう。彼らは、事件にどんな関係があるのだろう。

「奥さん、なぜ、わたしがこんなことを説明したのか、不思議に思ったでしょう。でも、銀弥さんの病の根は、ここにあるのです。今からそれを説明します」

「今泉さん」

奥さんは困惑まじりに彼の名を呼んだ。

「ちょっと、お待ちよ。あんた、まさか」

今泉はゆっくり振り向いた。

「小菊、今まで隠していてすまなかった。ぼくが調べていたのは、この殺人事件の顚末ではなく、中村銀弥さんの、病の原因だったんだ」

わたしは驚きのあまり、すとん、と腰を下ろした。と、すると大島は、勘違いをしていたわけではなかったんだ。今泉や山本少年は、本当に中村銀弥の病気の原因を、調べていたのだから。

「奥さんが歌舞伎座の三階席で倒れたとき、偶然、ぼくと山本くんが側にいた。ぼくらは奥さんを、ロビーに運んで介抱した。そのとき、奥さんは高ぶりにまかせて、ぼくらに銀弥さんの病気のことを話しました。ぼくには、少しぴんとくるものがあった。それで、その原因を調べることを引き受けたのです。ただ、奥さんはぼくらのことを、まったく信用してくれていなかったようだ。あれから、連絡をしなかったぼくたちも悪いけれど」

「側にいるわたしでさえ、わからないのに、赤の他人にわかるはずがない。後からそう、思ったんです。他人に頼るのは間違いだって。だから、昨日、今泉さんからご連絡をいただいたときは、驚きました」

わたしは話に割って入った。

「それで、この事件と銀弥さんの病気とは、どういう関係があるのさ」

「それは今から説明する」

中村銀弥が視線をあげた。今泉を挑発するような、鋭い視線だった。わたしは少し、不思議に思った。今泉が、彼の病の原因を見つけたのなら、感謝してもよさそうなものなのに、彼の視線には、宿敵に対するような鋭さがあった。

「ぼくが今まで考えていたことですが、歌舞伎役者には二通りの人間がいる。区別するのは、舞台での気持ちの持ち方です。銀弥さんの演じる小万の役を例にとると、片方は、小万を演じる役者として、最善を目指す役者。もう片方は、舞台の上で完全に、小万という女として生きようとする役者です。前者は、芝居全体のバランスや、自分の役割をわきまえて、舞台に立ちます。歌舞伎には型というものがあるから、このタイプの役者の方が多いでしょう。後者は、自分の役を中心に考え、ほとばしる気持ちを抑えずに演じる。前者にとって、型とは、演じるために必要な鎧のようなもの。後者にとっては、自分の感情で満たす容器のようなもの、といえばわかりが早いでしょうか」

今泉はそこでわずかに息をついた。

「ここで、その優劣を問うわけじゃない。ただ、言えることは、前者の役者は、どんな舞台でも無難にこなせる。後者は客に与える感動も大きい代わりに、下手をすると芝居自体をぶちこわしにする可能性もあります。そして、銀弥さん。あなたは明らかに、後者の役者なのです」

「それで」

中村銀弥は冷淡に言った。でもわたしは気づいた。今、彼が保っている平静は、ぎりぎりコップの縁まで満たされた水と同じだ。わずかな衝撃で、こぼれてしまうだろう。

「あなたは、舞台の上では、中村銀弥という役者ではなく、小万という女性として生きている。今回の歌舞伎座の舞台も、何度も見させていただきました。恐ろしい役者さんだ。貴方は」

「どうも」

「いつ見ても、貴方の小万は、なにも知らぬ田舎の女房として現れ、震えながら義賢の死を見届け、命をかけて白旗を守って死んでいった。前の日も、そして次の日も、舞台で同じことをするとは、とても思えない。その日、その舞台が、小万の命のすべてのように。そして、貴方は毎日、義賢の死を見守るとき、無垢の心で、激しい畏怖をもって、ある台詞を聞いたはずだ。その台詞とは」

なにかが落ちる音がした。葉月屋さんだった。彼の膝前に、手鏡が落ちていた。

「半四郎さん、どうやらおわかりになったようですね」

葉月屋さんの口から、流麗な台詞が漏れた。

「迷うたり迷うたり、いで晴れ業の死出の旅、小万見届け物がたれよ」

小万見届け物がたれよ。

中村銀弥の目が、かっと見開かれた。おこりのように全身が震え出す。

「そうです。義賢の今わの際のことばです。銀青さんの一世一代の義賢が、どれほどの情念をこめて、この台詞を言ったか、そうして、銀弥さんの小万が、どれほど深く、その台詞を受けとめたか、想像することは難しくない。そうして、銀弥さんは、五月の事件の目撃者のひとりなのです。十次郎の出陣を、最後まで見届けたのは、客席のファンだけじゃない。舞台に立つ、彼の婚約者、初菊なのです」

わたしの目に、舞台の光景が浮かび上がる。初菊は見送っていた。木戸に手を巻き付けるようにして、婚約者の出陣を。彼が消えるまで、いえ、彼が消えてさえも。

「銀弥さんも、ふだん眼鏡をかけていらっしゃる通り、視力がよくない。でも、ただ立って見ているだけだ。揚げ幕近くに立つ、河島さんの姿は、はっきりとわかったでしょう。その手にある刃物は見えなくても」

銀弥が目を覆った。肩で荒い息をつく。

「彼が、他の目撃者と同じように、半四郎さんが河島さんを殺した、と思いこんでも不思議はない。だが、彼には警察に告発することなどできなかった。半四郎さんは、彼の大事な亭主役だから。そして、ふたりは八月に、長い準備期間をかけて用意した演目『東海道四谷怪談』を控えていたからです。半四郎さんが逮捕されるようなことがあれば、上演は中止になるでしょう。銀弥さんには、そんなことは我慢できなかった。口を閉ざすことにしたのです」

今泉はそこで、少しことばを止め、まわりを見回した。

「七月になり『義賢最期』が上演された。そこで、銀弥さんは、ある台詞を、高ぶった精神状態のとき、毎日聞かされることになったのです」

いで晴れ業の死出の旅、小万見届け物がたれよ。

「クライマックス。目の前で、中村銀青の義賢が死んで行く。銀弥さんの精神状態は、恐ろしく無防備だったでしょう。その台詞は本来の意味を超えて、彼の心に突き刺さった」

小万見届け物がたれよ。

「半四郎さんの殺人を目撃しながら黙っている罪悪感。それを喋れ、という命令だと、彼の心は、無意識の内に解釈してしまった。だが、先ほど言ったように、それを喋ることができない理由がある。命令は、毎日、必ず行われる。逃げることはできない。そうして、彼の心は、ひとつ逃げ道を見つけた」

軽く、ことばを切る。

「ことばを忘れてしまえば、喋ることはできない。その命令にも逆らわずにすむし、半四郎さんも守ることができる。彼の無意識が見つけた、たったひとつの、逃げ道だったのです」

さっぱりと切って捨てたる我が切腹。いさぎよく最期の次第を言い聞かして喜ばせよ。思い置く事少しもなし。さりながら腹な子にたゞ一目、こればっかりが残念なわい。へさしも我強き大将も子ゆえの暗ぞ道理なり。

迷うたり〳〵、いで晴れ業の死出の旅、小万見届け物がたれよ、おのれは三途の瀬踏みをなせ。

銀弥さんは、死んでしまったようにぐったりとしていた。奥さんが、かばうように彼の頭を抱く。話を続けるべきか、迷う今泉に、奥さんの鋭い声が飛んだ。

「続けてください。彼は聞いています。最後まで、続けてください」

今泉はなにかを確かめるようにうなずいた。

「その後、奥さんから聞いた話では、銀弥さんは声も出なくなったそうです。外からと内からの力の、葛藤。繰り返されるにつれ、外の方が強くなり、銀弥さんの内面は防衛手段として、声も抑え込んでしまった。だが、それは三日間の休演で、快復した。なぜなら、休演している間は、その台詞を聞くことがないからです」

今泉はここに来て初めて微笑んだ。

「もう、大丈夫です。行われたのは殺人ではなかった。銀弥さんは、もう罪悪感を抱かずにすむでしょう。彼がことばを忘れることは、もうありません」


わたしは、前を歩く今泉に追いついた。

彼は下目遣いに、わたしを見た。

「なんだ、小菊、不満そうだな」

「ああ、あたしゃ不満だよっ」

山本少年は、気を遣うように、わたしたちから離れた。

「あんた、まだ説明していないことが、たくさんあるよ。銀青さんのことばはどうなったのさ。仮名手本、忠臣蔵ってあれだよ」

今泉は黙っている。都合の悪いことは黙ってごまかすつもりなのか。

「あんたねえ。なんで、忠臣蔵が、仮名手本忠臣蔵っていうのか知ってるのかい」

「浪士の数といろは仮名の数が同じだからだろ」

「それもひとつの説だ。でも、それだけじゃなくて」

「咎なくて、死す」

今泉は学校の先生の質問に答えるように、しぶしぶ言った。わたしは肩を落とした。

「なんだ、知ってたのかい」

「山本くんが解読したよ。まあ、ぼくも最初から気づいていたが」

わたしは後ろを歩く山本少年の方を見た。

「なんだい。あんた知っておきながら、山本くんに解読させたのか。意地が悪いったらありゃあしない」

「彼はパズルが好きだから、いいんだ。意地が悪いのはどっちだ。あんな手紙を送りつけて」

わたしは照れくささに口を歪めた。

「なんだ、気づいていたのかい」

「気がつかいでか。だいたい、菊花さんが銀青さんのことばについて喋ったのは、ぼくたちだけじゃないか。まあ、それについて、立ち聞きした者がいたとしても、ぼくの事務所の住所を知るわけがない。小菊しかいないんだよ」

いろはうたを最初から七文字ごとに読んでいき、最後の文字、すを合わせると、ひとつの文章が現れる。

とかなくてしす。

　つまり、咎なくて死す、だ。

　これを主君のために切腹した浪士たちになぞらえて、忠臣蔵のことを「仮名手本忠臣蔵」と呼ぶようになった。これが、「仮名手本忠臣蔵」のもうひとつの、知る人の少ない由来だ。

「それに大体小菊は、もうひとつ大ぼかをしている。それには山本くんも気がついた。ぼくたちが指紋のことを言ったら、あわてて便箋を手に取っただろう。たぬきがどうとかごまかしたけど、そうはいかない。小菊は全然指紋のことなど、気にしなかったのだろう。調べられる、と気づいてあわてて触った。見え見えだ」

「悪うござんしたね」

　ふくれたが、すぐ、気を取りなおす。

「じゃあ、説明しておくれよ。なんで、河島さんが咎なくて死す、なんだい。今の話じゃあ、いちばん悪いのはあの女自身じゃないか」

「咎なくて死す、とは言うけれども、浪士たちだって、いきなり夜討ちにあった吉良《きら》の家中から見れば、そうは見えないだろう。なんの罪もない人が多数殺されてるんだから」

「そんな屁理屈でごまかされる、と思ったら大間違いだよっ」

　今泉は足を止めた。眉のあたりに不満が滲んでいる。

「小菊、おまえはなんで、今日来たくないってごねたんだ」

　わたしははっとした。

「もし、葉月屋さんとか、深見屋さんとか役者仲間に犯人がいたら、いたたまれないからさ」

「それでも、これ以上聞こうとするのか」

わたしは今泉の目を見た。そのとたんに理解した。彼はわたしが知っている以上に、もっと深く真実に関わっている。

ゆうべの決意を思い出す。わたしに大切なのは真実じゃなくて、舞台だ。そのために、なにもかも知らないままにすまそうとしたのじゃないか。

わたしは力を抜いた。目の前に落ちた小石を軽く蹴る。

「わかったよ。もう、なにも聞かない」

「物わかりが良くて、助かるよ」


「それで、わたくしにどうしろとおっしゃるんですか」

彼は、その年齢とは思えないほど、しゃんとした姿勢で正座をしていた。高僧のように、清冽な空気が彼のまわりに漂っていた。瞳はまるで、硝子玉のように澄んでいた。年齢からくる眼球の濁りなど、まったく見られない。

「ぼくは、別に貴方を脅迫しているわけではありません。謝礼なら、貴方のお孫さんから充分いただきました。正義感などは、とっくの昔に捨ててきました。ぼくは、貴方にこれからどうするべきか、お聞きしたいのです」

「半四郎くんは、貴方のおっしゃることで納得したのですか」

「ええ、あんな薄弱な動機を、信じていただけたことは好運でした」

「貴方にお任せします。見つけたものは、見つけた方がお好きなようになさればいい」

「助言を求めてやってきた、未熟者の願いにも耳を貸してくださらないのですか」

彼は、中村銀青はふわり、とあえかに笑った。まるで、今泉がおもしろい冗談を言ったかのように。

今泉はそれを承諾の微笑だと理解することにした。

「銀弥さんの役作りには、少し奇妙な癖が見られるようですね」

「以前から気づいておりましたよ。止めるべきかずっと迷っておりました。だが、あの子がそのやり方で摑んだものは、驚くほど大きかったのです。正直な話、わたくしたちにとっては、舞台が全てなのです。でも、いつかはこんなことになることは、予想できました」

「あの晩も、それに気づいたのですね」

「ええ、洗い場であの子が、台詞を覚えるようにぶつぶつと、その夜言おうとする台詞をつぶやいていたのです。それを聞いて、なにをするつもりか、わかりました」

「そうして、後を追って、止めようとした」

「ええ、今回のあの子の実験は、冗談ごとではすまない。勘、と申しましょうか。そんな気がしたのです。ですが、ごひいきさんに用がありまして、たどりついたときには、もう遅かった」

「それで、河島さんを説得しようとした」

「急いで銀弥を帰らせて、説得しようといたしました。あんな子の言うことを信じてはいけない。あれは全部、彼のつくりごとだ。河島さんはうなずいていました。でも、心の底では、決意は固まっていたのでしょう」

銀青は指を膝の上で組み合わせた。

今泉は、今まで避け続けていたことばを口に出した。

「銀弥さんは、実際の女性を役と同じ立場に立たせて、その姿を見て、役作りのヒントを摑んでいた。河島さんに振られたのは、『四谷怪談』のお岩様の役だったんでしょう。伊右衛門浪宅の場での、伊右衛門がお岩をヒステリックにいたぶる場面、それを再現してみようと思われたんでしょう」

銀青は微笑を崩さずにうなずいた。まるで、孫が褒められるのを聞くように。

「あの子は冷たい人間ですが、嘘をつくような子ではありません」

「そうでしょう。だから、銀弥さんが、河島さんをいたぶるために使ったのは、本当のことだったのだと思います」

「あの子は、舞台の上で、交わされる感情や恋愛がどれほど純粋で、熱っぽいものなのかを繰り返し、彼女に言いました。どれほど、彼女が半四郎くんに愛されていても、芝居の中の恋にはかなわない。いつか、貴方は彼に飽きられるだろう。芝居は飽きられることがない。毎日毎日、新しく生まれ変わるのだから。確かにそれは、真実を含んだことばです。だから、彼女はあれほど動揺したのでしょう。わたくしは、半四郎くんと河島さんが、あれほど強く結ばれていなかったら、と何度も思いましたよ。彼らの仲が中途半端なものだったら、河島さんは、こんなことにはならなかった」

真摯だからこそ、彼女には許せなかったのだろう。毎日、新たに生まれかわり純粋な恋を語る彼らが。

「でも、河島さんにしても、半四郎さんに役者をやめさせるほどの気持ちはなかった。ただ、銀弥さんへの意地だったんでしょう。あのとき、半四郎さんが、自分に気づいて足を止める、その姿を銀弥さんに見せたかったのでしょう。彼女は、十次郎の出陣を初菊が見送っていることを承知で、花道の前に立ったのです。あれは、ぼくの言ったように、半四郎さんに見せる芝居ではなく、銀弥さんに見せる芝居だったのですね」

銀青は、贈られた多くの花が並ぶ、壁に目をやった。

「思えば、子どもっぽい意地の張り合いですね。美しく着飾って、刃物を手に、揚げ幕のきわに立つ。ごらん、彼は芝居よりわたしのほうが大事なんだ。そう言いたかったんでしょう、彼女は。こんなことになるとは、思いも寄らずに」

彼は今、初めて苦しそうな顔をした。

「わたくしの責任です。わたくしが気づいたときに、やめさせていればこんなことにはならなかった。河島さんは、被害者です。銀弥とわたくしが殺したようなものだ」

今泉は、この高齢の歌舞伎役者をまじまじと見た。だが、彼の口調は静かだった。悔やんでいるようすはまるでなかった。

「あの子は阿修羅です。舞台の上で華やかに生きるためならば、人を殺してもなんとも思わない。歌舞伎という怪物に魅入られているのです。それを自分の手の内にするためなら、残りの生涯を廃人のように暮らすことになっても、彼は悔いはしないでしょう」

「貴方も、その気持ちがおわかりになる」

「わたくしも役者です。彼ほど冷酷になれないだけだ。わたくしが彼を責めきれない理由も、そのあたりでしょう」

今泉は時計に目をやった。長居をしすぎた。もう、ここを去った方がいい。

「銀青さん、お教えください。わたしは黙っているべきなのですか。それとも」

「あの子は阿修羅です」

紗の羽織の衣ずれの音がした。

「阿修羅なら、失ってもしかたがないでしょう」


廊下は異様に長く思われた。

わたしは足を引きずるようにして進んだ。手に持った鞄、当座、必要なものを押し込んだ鞄は、それほど重くはないのに手に食い込んだ。

「おはようございます。若奥さん」

青蔵さんが、軽い笑顔と会釈で通り抜けていく。わたしはぎこちない笑顔で、それを見送った。彼らも、二、三日後には、ことの顚末を知るだろう。そのとき、彼の目に、今のわたしの姿、髪を下ろし、綿の青い格子の若奥様らしくない服を着て、旅行鞄を持ったわたしの姿は、どう映るだろう。

優さんは、ふだん銀青さんが使っている楽屋に入っていた。

ごひいきさんから届いたばかりの、新しいのれんは片方がはね上げられていた。わたしが着くのを待つかのように。

わたしはのれんをくぐった。

優さんは、なで肩の背中を見せて、鏡台の前に座っていた。

「遅かったんだね」

振り向きもせず言う。わたしは声に出さずにうなずいた。彼の斜め後ろ、いつも、そこで背中を見守っていた場所に、腰を下ろす。

優さんは、白い封筒を畳に置き、わたしの方へ押しやった。黙ってそれを取る。中身はわかっている。彼の名と印鑑の押された離婚届、あとはわたしが署名捺印するばかりになった、離婚届だ。

「ぼくの親戚の方は、心配しなくてもいい。うまく説明しておくよ。きみのご両親にも、数日中にお詫びに行くから」

「ごめんなさい。いやな役割だけ、貴方に押しつけることになってしまって」

「気にしなくていい。原因はぼくにあるんだから」

わたしは膝のあたりで拳を握りしめた。今泉さんが持ってきた知らせ、葉月屋さんの楽屋で聞いた真実の、もうひとつ裏の真実、それは、全てが崩壊する音のように思えた。

「貴方が河島さんにしたことは、許されないことだわ。でも、それだけだったら、わたしは貴方を許せたかもしれない」

そう、あのことを優さんが否定すれば、わたしの決断は、また違ったものになっていたかもしれない。証拠はどこにもないのだから。でも、優さんは、言い訳をしなかった。いつもの通りの優しい目で、わたしの疑惑を肯定したのだ。

「良高のことも、全部、貴方にはわかってたんだわ。それどころか、貴方が全部仕組んだことだった。わたしと良高が引き合わされた次の月の興行、貴方が演じたのは、『堀川波の鼓』のお種、夫の留守に不義をする人妻の役だった」

「大島くんに初めて会ったとき、彼が一子と同じものを持っている男だと気がついた。ふたりはたぶん、恋に落ちる、そう確信したんだ」

「でも、京都での会食では、なにも起こらなかった。だから、貴方はもう一度、わたしを彼のところに向かわせた。郵送でも支障がない写真を持たせてね」

「それで、失敗したら、それ以上はなにもしないつもりだったよ」

ふいに、羞恥が全身を灼く。彼が道を引いたとしても、決断したのはわたしだ。彼だけを責めるのは責任逃れだ。

「ひとつだけ、教えて」

「なあに」

「あのときのわたしは、貴方にとっていいお手本になった？」

優さんは返事をしなかった。たぶん、少し苦しげに笑ったのだろう。わたしは、彼の背中の真ん中を見つめていた。

思い出す。あのときのお種は良かった。本当に、素晴らしかった。

でも、彼とこれ以上やっていくことは、どうしてもできない。

昼の部の、「夏祭浪花鑑《なつまつりなにわかがみ》」、夏らしい祭のかけ声が、楽屋にも流れる。わたしは、舞台に思いを馳せた。

「もう、いたたまれなくて歌舞伎は見られないわね。せっかく、大好きになったのに」

優さんは、はじめてこちらを向いた。

「そんなことを言わないで、見てくれないか。舞台だけが、ぼくにできるきみへの言い訳だ」

貴方の舞台は、身震いするほど素晴らしいだろう。貴方はそのために、現実の平穏も幸福も、投げ捨ててしまうのだから。ただ、華やかで楽しくて、哀れで切ない舞台で、生きることのためだけに。

前で花開く、どんなことにも、目をつむってしまって。

優さんは、固形白粉を水に溶き始めた。目を伏せた横顔が鏡に映る。

「一子、こんなことを言うべきじゃないのかもしれないけど、ぼくは、きみのことを大切に思っていたよ。ときどき、他のものがそれに優先してしまうことがあったかもしれないけど、ぼくにとって、きみは大切な人だったよ」

急に、激しい後悔がこみあげた。もしかしたら、今からでも間に合うかもしれない。彼の背中を見続けた二年半、無意味でも、無価値でもなかった。幸せではなかったかもしれないけど、不幸せでもなかった。許すことができるかもしれない。

でも、まわり始めた歯車を止めるのは、ひどく面倒なことだ。わたしはもう、流されていくしかないのだ。はじまりは、わたしが決めたのだから。

今にも泣き出しそうな顔で、わたしは笑った。

「もしかすると、わたし、後悔するかもしれない。行かなければよかったって、悔やむかもしれない。きっと、そうなるんだわ」

優さんは、白粉を練る手を止めた。だだをこねる子どもを宥めるような目をする。

「二子、晴の門出の日に、そんなことを言ってはいけないよ」

どうして貴方はそんなに静かなのだろう。目の前でなにが起こっても、自分には関係のないことのように、見ていられるのだろう。

のれんが揺れて、お弟子さんが、顔を覗かせる。

「若旦那、そろそろ顔しますか？」

「ああ、お願いするよ」

優さんは、脇に置いた羽二重をあてた。わたしは荷物を持って立ち上がった。これから、彼はお岩様になる。物憂い夢から、ゆっくり目覚めていくのだ。

「優さん、じゃあ」

それ以上は言えなかった。ことばに出すと泣いてしまいそうだった。

「ああ、じゃあね」

優さんは、鬢づけ油を手に取りながら、ごく当たり前のように言った。


楽屋口で、良高は待っていた。

車の脇に立ち、置き去りにされた子どものような顔をして。

奥から歩いてくるわたしの姿を認めると、とたんにほっとした顔になる。

わたしは鞄を後ろに置くと、助手席に乗り込んだ。

良高は少し迷いながら、なにも言わずに車を発車させた。広い道路を行き来する、無数の車に交じり、走り出す。

数分間、わたしたちは、口をきかなかった。

良高は、少し焦れるように、口を開いた。

「本当にいいのか？」

わたしは、何気ないふりで、外の景色を見た。

「なにが」

今ごろ、優さんは、化粧を終え、青白い瞼を伏せて、衣装を身につけているだろう。継ぎのあたった地味な小袖に、古い草履、汚れた手ぬぐいをかぶり、糸経《いとだて》を抱え、夜鷹のなりをして、出番を待っているだろう。

拍子木が鳴り、幕が開く。葉月屋さんの伊右衛門と、軽く目を見交わして、さきに出ていく彼を、目で追うだろう。

揚げ幕が鳴り、花道のライトがつく。

彼はわずかに、身を屈めて、花道へと足を踏み出す。

薄暗く、陰鬱な舞台へ向かって。

参考文献

クリストファー・ロビンのうた　A・A・ミルン著　小田島雄志他訳　晶文社
名作歌舞伎全集　二、四、五、九巻　東京創元社

解説

（二八三頁以降、本書の核心に触れる箇所があります）

西上心太

ミステリー界も歌舞伎界も伝統主義な世界である。

新しい作品や舞台に素直に接するだけでも十分楽しめるし、またそうでなくてはいけないのだが、いっぱしの口を利くためには古典作品やら、昔の役者たちの舞台のことやらを知っていないと誰も相手にしてくれない（笑）。

ミステリーにはトリック、歌舞伎には「型」というものが中心にあり、その伝承と逸脱が繰り返されて伝統となっている。ゆえにオリジナルを知っておくことが重要ではあるが、あまりそれにこだわると狭い料簡の持ち主と言われてしまう。もっともマニアとはそうしたものであるが。

芝居の方には「團菊婆」「菊吉爺」という言葉がある。明治時代の名優、九代目市川團十郎と五代目尾上菊五郎をその目で見た人たち（俗に、誰某《だれそれ》に〝間に合った〟というフレーズを使う）のことである。第二次大戦後まで健在だった人たちは、昔の團菊に比べたら今の芝居は小さいねえなどと、当時の若い者を煙に巻いていたらしい。それで「團菊婆」（もちろん爺もいたろうが）。

時代は下り、昭和の始めから戦後にかけて全盛だった六代目尾上菊五郎と初代中村吉右衛門にどっぷりはまった方々が「菊吉爺」。こちらのファンは現代でもお元気で、二言目には「菊吉には及ばない」――歴史は繰り返す。

今年の五月に市川新之助の『源氏物語』を見た。光源氏は彼の祖父・十一代目團十郎の当り役である。つまらない脚本ではあったが、新之助の風情は素晴らしかった。隣に座った上品そうな老女と話す機会があり、そのようなことを言ったところ、きっぱりと「十一代目には敵いません」――そういうものなのである。

われわれも数十年後の「仁玉團菊吉勘猿富歌雀幸・爺婆」を目指そうね、というのが歌舞伎見物仲間との合言葉なのである。

さて本書は『凍える島』で第四回鮎川哲也賞を受賞してデビューした近藤史恵の第二作で、珍しい歌舞伎ミステリーである。

英米には演劇がテーマになっていたり、劇場で事件が起きる作品は数多い。ざっと思いつくまま挙げていっても、マイケル・イネス『ハムレット復讐せよ』、クリスチアナ・ブランド『ジェゼベルの死』、エラリー・クイーン『ローマ帽子の謎』、ジョン・ディクスン・カー『仮面劇場の殺人』、エドマンド・クリスピン『白鳥の歌』など、黄金時代の巨匠たちも一度は手がけているようだ。また最近ではサイモン・ブレットのチャールズ・パリスシリーズや、ジェーン・デンティンガーのジョスリン・オルークシリーズといったところがおなじみであろう。

　また演劇ミステリーに限らず、シェイクスピアに代表される戯曲の台詞が、作中に頻繁に引用されることは、翻訳ミステリーに親しんだ読者ならご存じであろう。作者の高尚志向なのかもしれないが、有名な芝居の台詞や登場人物になじみが深く、一般的な共通知識として人口に膾炙している証拠でもあるだろう。

　残念なことにわが国では歌舞伎ミステリーは極めて特殊なサブジャンルにすぎない。古くは戦前作家の酒井嘉七に『京鹿子娘道成寺』という作品がある。白拍子花子が鐘入りし、鐘の中で蛇体に変身して現われる場面で、鐘が上がると主役の役者が前額部を強打されて死んでいるという、舞台上における密室を扱った短編である。戦後では、演劇評論家で『ちょっといい話』に代表される軽妙なエッセイストとしても有名な戸板康二の手になる、歌舞伎役者・中村雅楽シリーズが質量共に歌舞伎ミステリーの中心といえるだろう。『車引殺人事件』など、初期には公演中に殺人が起きるような作品もあったが、後期は人生経験を積んだ雅楽の深い洞察力によって、思わぬ人間模様が浮かび上がるミステリータッチの人情話に力点が移っていく。他で思いつくのは皆川博子の『壁・旅芝居殺人事件』くらいだろうか。そうそう、歌舞伎の大変な目利きであった小泉喜美子に、歌舞伎狂言に素材を取り、そのテーマを取り入れた短編集『月下の蘭』や、有名狂言の「伽羅《めいぼく》先代萩」をヒントに大胆に換骨奪胎した『ダイナマイト円《ワ》舞《ルツ》曲』という作品があった。

しかし英米と違いわが国では、芝居や講談・落語の題材になった稗史的な歴史物語やそこに鏤められた名台詞が、すでに共通知識の埒外に置かれてしまっている。おそらくこれが歌舞伎に限らず、演劇や落語など〝古典芸能〟とミステリーが結びついた作品が少ない理由ではないだろうか。

ぼんやりと近藤史恵の作品を読み解くキーワードは三角形だなと考えていた。夫婦と愛人、カップルと新しい恋人。近藤史恵の目的はミステリーを書くことではなく、ミステリーの器を借りて、男女の愛憎劇――多くは三角関係という形をとって現われる――を描くことにあるんじゃないかと。

そんなことを思いながら、この解説を書くにあたり七年ぶりに『凍える島』を読み返していたら、こんな一節に出くわした。

《ふつう、一組の恋人とその友達という関係の場合、それを三角形にたとえると、いびつな形になるものだ。（中略）だが、あの三人は正三角形のような親しさで接している。そして、それはひどくあやうい均衡だった。重心はすこし、ずれているほうが安定するものだ。完全な三角形は、つぎの瞬間、崩壊の予感を漂わせている。不発弾を抱え込んでいるように。》

数学者にして大道芸人（あるいは大道芸人にして数学者か）であるピーター・フランクルが

テレビの幼児教育番組で、いちばん丈夫で安定する形は正三角形であると言っていた。とてつもない荷重がかかる橋梁などの建造物には、正三角形をいくつも組み合わせた構造物が使われているそうだ。建築学的にみればもっとも安定している正三角形に、崩壊の予感を漂わせた危うい均衡を見て取ることは、小説家の特権であり優れた資質でもあるだろう。しかもこの時作者は二十四歳。ただ者ではない。

そしてデビュー二作目の本書の時だってまだ二十五歳だ。孤島ミステリーの意匠を借り、情念は深いものの、生活観があまり感じられない若者たちが多く登場した『凍える島』には、まだ〝若書き〟というイメージ（近藤風に書けば〝イメエジ〟か）があったけれど、本書にはまったくそれはない。作家自身の成長と、梨園という古怪で摩訶不思議なエネルギーに満ちた世界を描いたせいであろうか。

本書のモチーフも三角関係である。人気女形、中村銀弥は突然「傘」「時計」といったごく普通の言葉が頭から消えていく。一方、彼の妻一子は、夫に引き合わされた雑誌記者の大島良高に強く惹かれ始めていた。夫以外の男性を愛してしまった時期に、夫が役者生命の危機を迎える。この暗合に一子はおののき、夫と恋人の間に挟まれて苦悩する。

そして第二幕。大部屋役者の瀬川小菊と大学時代の友人、私立探偵の今泉文吾が登場する。銀弥に異変が起きる二ヶ月前、ある悲劇があった。銀弥の相手役、小川半四郎の婚約者が殺されたのだ。それも半四郎や銀弥が出演する「絵本太功記」が上演中の劇場で、胸に刃物が刺さった状態で発見されたのだった。小菊は依頼主を明かさない今泉の態度をいぶかしみながら、調査に手を貸すことになった。やがて銀弥の病気と死亡事件の間に深い関りがあることが判明するが……。

「愛だの恋だのは舞台の上だけで、たくさんだ」と言い放ち、舞台に立っている間は妻を求めようとしない夫。そんな夫に疲れた妻は、風采の上がらぬ雑誌記者に気持ちを傾けていく。これが冒頭に現われる現実の三角関係である。そして、阿修羅にたとえられる役者＝中村銀弥が創り出したもう一つの三角関係が、すべての悲劇の遠因となっている。

銀弥は舞台の上では、演じる役そのものになるほどのめり込んでしまうタイプの役者だった。役を自分のものにすることがすべてに優先し、そのためには手段も選ばず、モラルも問わない。一子を良孝に紹介したのも、武家の妻が江戸詰めの夫の留守中に不義を働く「堀川波の鼓」の妻の心を観察するためであった。また半四郎と共演する「東海道四谷怪談」を控え、妻のお岩をいたぶる民谷伊右衛門のように、お岩ならぬ半四郎の婚約者・河島栄をいたぶったのである。ここに舞台という仮想世界における三角関係が成立してしまった。

栄は半四郎の真実を試すため、庖丁を自分の胸にかざし、「絵本太功記」で花道を引っ込む半四郎の十次郎の前に立つ。重い鎧を身に纏い、全力で走り込んできた半四郎は、近視のせいもあり彼女に気づかず激突してしまう。彼女は半四郎を見ていたに違いないが、舞台に設えられた門口で十次郎を見送る銀弥扮する許嫁・初菊をも、視線の先で捉えていたのではないだろうか。

事故の顚末を見ていたのは銀弥のみだった。しかし二ヶ月後の「義賢最期」で瀕死の義賢が、銀弥の小万に向かって言う「いさぎよく最期の次第を言い聞か」せよという今際の言葉に縛られて、二ヶ月前の口にできない真相を語れという強迫観念に取り憑かれ、言葉を忘れていくのである。

ここに至って、作中に登場する芝居は単なる背景ではなく、プロットと不可分なものであったことが判明する。そうして虚構の三角関係が現実を侵蝕、反転し、役者の業に彩られた極彩色の舞台が現実に成り代り、読者の眼前に現われるのだ。

さて、花道に立つ栄に他の者が気づかぬはずはないという疑問が、芝居通でなくとも頭をかすめるのではないか。たしかに、揚幕の開閉を担当する裏方、舞台上手で出語りをしている竹本、花道を引込む役者を注視しツケのタイミングをはかる仕打ち、花道をまっすぐ見やる位置にいる黒御簾の囃子方など、多くの目があることを、作者は少しも考慮しようとしていない。実際のところ、銀弥のみ気づいたという状況はほぼ不可能であり、ミステリー小説のリアリティという面から見れば大きなマイナス点であろう。

しかし作者は、その無理を承知の上で、死地に赴く十次郎と彼を見送る初菊、そして実生活の半四郎の婚約者である河島栄を、一つの舞台の上に立たせたかったのではないか。銀弥が役のために実生活を犠牲にしたように、作者もミステリー小説の結構を無視してまでも、仮想世界の三角関係をこの上ない美しさで完成させるために。

なお、この事件でトリオを組んだ三人は、『散りしかたみに』（角川書店）で再び顔を合わせる。小菊以上に好奇心の強い、人間国宝目前の瀬川菊花の舞台中に、ひとひらの花びらが降るという不思議な現象と、歌舞伎役者の家を守る妄念が引き起こした悲劇を描いた、シリーズ第二弾である。

なるほど、過去の名優の舞台は見られない。しかし本書によって、近藤史恵に〝間に合った〟幸せを感じることはできるのだ。

検　印
廃　止

著者紹介　1969年5月20日，大阪市生まれ。大阪芸術大学文芸学科卒業。93年，「凍える島」で第4回鮎川哲也賞を受賞し，デビュー。2008年，「サクリファイス」で第10回大藪春彦賞を受賞。著書に「ガーデン」「タルト・タタンの夢」等がある。

ねむりねずみ

2000年11月17日　初版
2023年1月20日　8版

著者　近《こん》　藤《どう》　史《ふみ》　恵《え》

発行所　（株）東京創元社
代表者　渋谷健太郎

162-0814／東京都新宿区新小川町1-5
電　話　03・3268・8231-営業部
　　　　03・3268・8204-編集部
URL　http://www.tsogen.co.jp
DTP　フォレスト
暁印刷・本間製本

乱丁・落丁本は，ご面倒ですが小社までご送付ください。送料小社負担にてお取替えいたします。

ISBN978-4-488-42702-3　C0193

シェフは名探偵

UN RÊVE DE TARTE TATIN◆Fumie Kondo

タルト・タタンの夢

近藤史恵

創元推理文庫

◆

ここは下町の商店街にあるビストロ・パ・マル。
無精髭をはやし、長い髪を後ろで束ねた無口な
三舟シェフの料理は、今日も客の舌を魅了する。
その上、シェフは名探偵でもあった！
常連の西田さんはなぜ体調をくずしたのか？
甲子園をめざしていた高校野球部の不祥事の真相は？
フランス人の恋人はなぜ最低のカスレをつくったのか？
絶品料理の数々と極上のミステリをご堪能あれ。

◆

収録作品＝タルト・タタンの夢，ロニョン・ド・ヴォーの決意，ガレット・デ・ロワの秘密，オッソ・イラティをめぐる不和，理不尽な酔っぱらい，ぬけがらのカスレ，割り切れないチョコレート